DANIËLLE BAKHUIS

HET HUIS ZONDER EINDE

Van Goor

Derde druk 2021

ISBN 978 90 00 37483 0
ISBN 978 90 00 37484 7 (e-book)
NUR 284

www.bestofyabooks.nl
www.daniellebakhuis.nl

tekst Daniëlle Bakhuis
omslagontwerp Saskia Janssen
zetwerk binnenwerk Mat-Zet bv, Huizen

Lieve ______________________,

Horrorverhalen hebben de nare gewoonte om een plek op te eisen in je hoofd. Het zijn kleine, geruisloze indringers. Zelfs wanneer je straks op het moment van lezen niet bang bent, kan het later opeens wél toeslaan. En je zult merken dat de angst altijd komt wanneer je 'm niet kunt gebruiken. Wanneer je alleen thuis bent. Door het donker fietst. Of wanneer je 's nachts de slaap niet kunt vatten en ligt te woelen in je bed.

Ook dit verhaal gaat een eigen plek vinden in je hoofd. Het zal zich ergens in een hoekje verstoppen, zodat je er niet altijd bij kunt. Je zult denken dat het er niet meer zit, misschien zelfs opgelucht zijn, maar weet dat het zich allang heeft genesteld. Sommige woorden zullen je jaren later nog koude rillingen geven.

Dus bij dezen raad ik je aan niet langer dan een kwartier per keer in dit boek door te brengen. Leg het daarna aan de kant: gun jezelf die pauze. Een lastige opgave, ik weet het. Want eenmaal begonnen aan dit verhaal, was er ook voor mij geen weg meer terug.

Blijf je ogen openhouden, ook in het donker. Ik bedoel, je bent toch niet bang?

Liefs, Daniëlle

BEKIDS HETEN JE WELKOM IN...

Het huis zonder einde

Naam ____________________

BELANGRIJK!

Voor de optimale ervaring is het belangrijk om de angsten aan te kruisen die op jou van toepassing zijn. Deponeer het formulier daarna in de brievenbus. B.v.d.

- Bloed
- Kleine ruimtes
- Donker
- Spinnen
- Clowns
- Geesten
- Naalden

Waarschuwing: het is ten strengste verboden om langer dan 15 minuten in Het huis zonder einde te verblijven.

1

Eén verkeerde stap en ik ben dood.

Oké, misschien is dat een beetje overdreven, maar ik zou makkelijk mijn benen kunnen breken als ik niet uitkijk. Mijn oma heeft de zolder zo volgepropt met spullen dat die ruimte meer weg heeft van een mijnenveld.

Met mijn hand tast ik naar het lichtknopje. Het lijkt wel alsof dat ding elke keer op een andere plek op de muur verstopt zit.

Ik kom niet graag op de zolder. Het dak is zo laag dat ik continu gebukt moet lopen om mijn hoofd niet te stoten. Het stinkt er alsof er ergens in een hoek dode dieren liggen te rotten.

Maar dat is niet het ergste.

De vloer zucht en kraakt alsof het een eigen leven leidt. En – ik weet dat het klinkt alsof ik gek ben, maar door het getik van de verwarmingsbuizen lijkt het soms net alsof de muren een eigen hartslag hebben.

Mijn wijsvinger vindt de schakelaar en ik hoor een vertrouwde klik. Het peertje in de nok wint langzaam aan licht. Ha. Fijn. Nu kan ik in elk geval zíén waarover ik straks mijn benen breek.

De zolder beslaat de hele bovenverdieping van ons huis. Het staat volgestouwd met koffers, tassen, dozen en manden die op hun beurt ook weer volgestouwd zijn: oude boeken, kleren, foto's, keukengerei, alles waar ik als kind ooit een kras met viltstift op heb gezet en mijn oma liefkozend een tekening noemt, een complete inboedel: verzin iets en je zult het op onze zolder vinden.

Mijn oma gooit niets weg.

Ze grapt wel eens dat het mijn erfenis is voor de dag dat zij er niet meer is, dat er voor een fortuin aan verborgen schatten op de zolder ligt. Ik wilde dat ze niet van zulke grapjes maakte.

Als mijn oma er niet meer is, heb ik niemand meer. Alleen een zolder vol troep.

Ik trek de eerste de beste doos waar 'kleding' op staat geschreven open. Mijn oma heeft praktisch elke jurk die ze ooit kocht bewaard. Er moet vast iets bij zitten voor het feest van vanavond.

Feestjé, heb ik tegen mijn oma gezegd, waardoor zij meteen dacht dat we vanavond sapjes wegnippen terwijl we naar elkaar gillen dat het zo'n dolle boel is.

Ik heb haar maar niet wijzer gemaakt. Technisch gezien lieg ik niet door te zwijgen.

Het feestje is eigenlijk het Halloweenfeest midden in het Woud van Westerdam. Halverwege september hoor je de eerste verhalen al gonzen op school. Iedereen lijkt wel iemand te kennen die er dat jaar ervoor was. Het schijnt zo doodeng te zijn dat mensen daarna nachtenlang niet kunnen slapen. De verhalen verschillen over wat er daar precies gebeurt. Maar één ding is duidelijk: je gaat niet weg zonder het verlaten landhuis vanbinnen te hebben gezien.

Karlijn had het briljante plan bedacht om als sexy heksen te gaan. Ze had ergens twee puntmutsen op de kop weten te tikken. Het enige waarvoor ik hoef te zorgen zijn een zwart jurkje en een paar netkousen.

Ik ben blij dat we vanavond een feest hebben. Wanneer ik op 31 oktober thuiszit, ga ik alleen maar piekeren over wat er al die jaren geleden op die datum is gebeurd.

Een voor een trek ik de kledingstukken uit de kartonnen doos. Een gebloemd kinderjurkje met glittersteentjes. Een zachtroze trui met een verwassen afbeelding van een pony. Een prachtig rood kinderjasje. Ik frons mijn wenkbrauwen. Dit bedoel ik nou. Het moet tien jaar geleden zijn dat ik er voor het laatst in paste, maar blijkbaar is het voor mijn oma belangrijk genoeg om te bewaren.

Ik doe de doos weer dicht.

Mijn ogen dwalen als vanzelf af naar het glazen salontafeltje onder het dakraam. Ik kan het negeren wat ik wil, maar ik zie alsnog dat het haast bezwijkt onder de stapel enveloppen die erop ligt.

Ik hoef de brieven niet te openen.

Ik hoef zelfs niet naar het handschrift te kijken om te weten van wie ze zijn.

Mijn vader stuurt ons elke maand trouw een brief met een recente foto van hemzelf erbij. Mijn oma kan het niet over haar hart verkrijgen zijn brieven bij het oud papier te gooien, dus bewaart ze ze uit het zicht, hier op zolder. Tussen al die andere troep.

Mijn oma en ik praten bijna nooit over mijn vader, maar ook zonder woorden weet ik wat mijn oma hiermee zegt.

Het blijft mijn kind, Samira. En wat hij ook gedaan heeft, wat voor afschuwelijks en onvergefelijks hij ook gedaan heeft: ik kan hem niet aan de kant zetten.

Met mijn vingertoppen raak ik de bovenste brief aan. Aan de datum linksboven op de envelop te zien, is de brief pas een week oud.

Ik weet echt niet waarom ik het doe, maar voor ik het besef, heb ik mijn wijsvinger al achter de plakrand gehaald. In één beweging scheur ik de envelop open. Mijn hart bonkt als ik de foto eruit haal.

Donkergroene ogen in een mager gezicht kijken me aan. Zijn haren zijn grijs in plaats van het donkerbruin dat ik me herinner.

Ingevallen wangen.

Stoppels op zijn kaken.

Een glimlach zonder dat zijn ogen meedoen.

Mijn hart bonkt luid als ik het velletje lijntjespapier uit de envelop trek. Ik gun mezelf nauwelijks de tijd om hele zinnen te lezen. Ik wil weten wat hij te zeggen heeft, terwijl ik mezelf tegelijkertijd heel hard wijsmaak dat het me niet interesseert wat hij zegt. Een paar woorden blijven hangen, terwijl ik door de zinnen scan.

Spijt.

Verlof.

Familie.

Ik wil zo graag die tweede kans.

In een reflex maak ik een prop van de brief. Ik ben boos. Op hem, maar nog meer op mezelf. Waarom moest ik zo nodig die envelop openen? Waarom moest ik hem weer toelaten in mijn hoofd? Het ging zo goed de laatste tijd. Ik heb hem en zijn excuses niet nodig. Ik red me al tien jaar zonder hem.

Door het zolderraam kijk ik naar buiten. Ik heb het niet koud en toch huiver ik. Ik denk aan wat mijn oma dan altijd zegt. *Loopt er een geest door je heen, liefje?*

Door alle spinnenwebben en vlekken op het raam zie ik de begraafplaats die achter ons huis ligt.

Hij ligt er stil en verlaten bij. Alleen in het weekend zie je soms oude mensen die bloemen komen verversen op de graven van hun dierbaren. Officieel is de begraafplaats nog steeds in gebruik, maar volgens mijn oma worden hier alleen nog de allerarmsten van Westerdam begraven. De meeste mensen kiezen ervoor om hun overledenen bij het nieuwe kerkhof aan de andere kant van de stad te begraven.

En ik snap het wel.

Ik snap dat heel goed.

Deze begraafplaats heeft altijd iets lugubers gehad. Mijn oma vertelt graag hoe ze het als kind fantastisch vond om een speeltuin in haar achtertuin te hebben. Vandaag de dag vinden de meeste mensen het gewoon raar: een klimrek, een speeltunnel en een rij schommels midden tussen de graven. Wat ooit goedbedoeld was – de kinderen kunnen fijn spelen, terwijl hun ouders een bezoekje brengen aan het graf van opa en oma – heeft nu iets vreemds gekregen. Er gaan verhalen rond over hoe het er 's nachts spookt. Hoe de schommels uit het niets bewegen en hoe dode kinderen uit hun graven opstaan en achter elkaar door de tunnel kruipen. Onzin. Ik woon al ruim tien jaar bij mijn oma en heb nog nooit één geest gezien.

Ik duw wat dozen aan de kant en kruip op mijn knieën naar een stapel koffers waarop mijn oma 'jurken' heeft geschreven. Wanneer ik de bovenste koffer open, is het meteen raak. Ik haal er een lange, witte jurk uit die helemaal is gemaakt van kant.

Het lijkt wel een trouwjurk: een ouderwetse, spuuglelijke trouwjurk waar je nog niet dood in gevonden wilt worden.

In mijn hoofd verschijnt er een beeld van mezelf in deze witte bruidsjurk en mijn mond vol druipend bloed.

De krankzinnige bruid.

Het klinkt tien keer beter dan een sexy heks.

'Samira?'

Ik schrik op van de stem en meteen daarna lach ik mezelf zachtjes uit.

Oma. Het is oma maar.

'Samira? Kom je, schat? Het eten is klaar.'

2

Gelukkig was mijn oma al in slaap gevallen voor de tv toen Karlijn en Mert me ophaalden, zodat ik haar in de waan kon laten over het feestje dat ik vanavond had.

Karlijn had niet gelogen toen ze zei dat ze als sexy heks wilde gaan. Over haar zwarte jurkje droeg ze een wollen, zwarte jas die tot haar enkels reikte. Daaronder veterboots, een visnetpanty en een heksenhoed met doorzichtig gaas voor haar ogen. Ze zag er zo geweldig uit dat ze zelfs de puntige nepneus inclusief wrat kon hebben.

Haar enthousiasme werkte aanstekelijk toen ze mijn bij elkaar geraapte outfit – mijn dikke blauwe winterjas, afgetrapte sneakers, afzichtelijke witte jurk – zag. 'Fissa! Ga je vanavond trouwen? Met wie?'

Uit een tube nepbloed had ik een rode klodder op mijn wijsvinger gedrupt en langs mijn eigen keel gestreken. '*Don't know*. Ik weet alleen dat ik 'm daarna van kant maak.'

'Klinkt als een spannend huwelijk.' Ze had naar Mert geknikt die achter haar stond en zich als zombie had verkleed. 'Die van mij is al dood.'

Omdat mijn eigen fiets kapot is, ben ik bij Karlijn achterop gesprongen. Na een kwartier fietsen zijn we bij het station. Ik moet me goed aan Karlijn vasthouden wanneer we via het smalle kiezelpad langs het spoor naar het Woud van Westerdam fietsen. De verhalen over spooktreinen die zich aan me opdringen, probeer ik weg te drukken. Hoe geloofwaardig is het dat er ’s nachts zoiets op het spoor rijdt? Maar toch spreekt iedereen die beweert de spooktrein te hebben gezien over hetzelfde: je zou alleen de koplampen en de vage contouren van de trein zien, terwijl hij geruisloos over het spoor raast. Sommigen beweren dat alle wagons van de trein leeg zijn, anderen beweren dat ze mensen om hulp hebben horen roepen.

‘Hou je vast, hoor!’ Karlijn slingert met een rotvaart het Woud in en trapt uit alle macht achter Mert aan. ‘Hé! Wacht op ons!’

De zenuwen kriebelen onder mijn huid.

We zijn nog maar een paar meter onderweg als het Woud zich sluit. De bomen zijn dunner en langer en staan veel dichter op elkaar. Wanneer ik naar boven kijk, zie ik met moeite de sterrenhemel.

Ik kruip dieper weg in mijn jas en houd Karlijn steviger vast. Ik weet zeker dat ik zou verdwalen als ik de weg in mijn eentje zou moeten terugvinden.

‘AAAAAAH!’

Met een knal beuk ik tegen Karlijns rug op. Het volgende moment smak ik op de grond. Kleine takjes prikken venijnig in mijn handpalmen.

‘Mert! Zak dat je er bent!’ Karlijn weet nog net op tijd te voorkomen dat haar fiets boven op me valt.

‘Sorry! Sorry!’ Ik hoor aan de lach in zijn stem dat hij er niets van meent. ‘Ik wou jullie alleen laten schrikken.’

‘Nou, dat is dan gelukt, sukkel. Gaat-ie, Sam?’ Karlijn steekt haar hand naar me uit.

De adrenaline ebt weg als ik weer overeind sta.

Karlijn kijkt overdreven treurig als ze ziet dat mijn jurk onder het zwarte zand zit. 'Ik hoop maar dat er nog iemand met je wil trouwen.'

Karlijn wil Mert een mep geven, maar hij weet net op tijd weg te duiken. 'Wacht maar,' zegt ze. 'Slenderman heeft het speciaal voorzien op etterbakken zoals jij.'

Mert haalt pesterig zijn wenkbrauwen op. 'Slenderman... Nou én?'

Hij houdt zich expres even in, alsof hij in zijn hoofd alvast oefent hoe hij het zo angstaanjagend mogelijk kan zeggen. 'Terry Zuiderduin heeft het speciaal voorzien op meisjes zoals jullie.'

'Mert!' Ik schrik er zelf van hoe hard ik zijn naam zeg.

De mep van Karlijn die nu volgt, is wel raak.

'Waarom begin je daar nou weer over, man!'

Terry Zuiderduin is de schrik van Westerdam. Hij zit opgesloten in De Waard, het psychiatrisch centrum helemaal aan de andere kant van het Woud. Het is ook het psychiatrisch centrum waar mijn vader nu het laatste deel van zijn traject uitzit.

Vorig jaar heeft Terry op Clownsnacht een huis in de villawijk weten binnen te sluipen toen een meisje daar aan het oppassen was. Het verhaal gaat dat hij zich verkleedt als clown en het voorzien heeft op meisjes die alleen thuis zijn. Een meisje op de andere school in ons dorp – Yun Li heet ze – staat nog steeds onder politiebewaking. De laatste tijd gaan er steeds meer verhalen rond dat mensen een clown hebben gezien ergens in Westerdam. Ze beweren dat Terry Zuiderduin een meester is in het in en uit sluipen van De Waard. Anderen zijn er veel nuchterder over: massahysterie. Angst maakt dat je dingen ziet die er niet zijn.

Een eindje verderop horen we mensen opgewonden gillen en lachen. Het klinkt alsof het feestje al in volle gang is. De zenuwen in mijn buik laaien weer op, maar dit zijn zenuwen van het goede soort. 'Kom, laten we die kant opgaan.'

Met de fietsen aan de hand lopen we het laatste stuk verder. Zo goed als dat gaat, houden we het kronkelende bospad aan. Geen wonder dat er hier geregeld mensen verdwalen. Alles lijkt hier op elkaar.

'Kijk!' Opgewonden draait Karlijn zich naar me om. 'Daar! Daar is het!'

En dan zie ik het ook.

Tussen de smalle bomen door zie ik een open plek waar een groot, vervallen landhuis staat. Het ziet eruit alsof het elk moment in kan storten.

Mijn hart slaat een slag over.

Net als iedereen in ons dorp weet ik dat er een landhuis midden in het Woud van Westerdam staat. Ik ken de verhalen, ik ben er vaak genoeg voor gewaarschuwd door mijn oma.

En toch.

Over iets gehoord hebben of iets met eigen ogen zien, zijn twee totaal verschillende dingen.

Het huis heeft twee verdiepingen en is bijna helemaal bedekt met mos. De ramen beneden zijn dichtgetimmerd met houten planken. Op de bovenste verdieping zitten twee grote ramen met openslaande luiken.

Ik huiver.

In combinatie met de smalle zwarte voordeur lijkt het huis net op het gezicht van dat *Scream*-masker: donkere ogen en zo'n lange, uitgerekte mond.

Rond een vuurkorf staan mensen in een cirkel zichzelf

op te warmen. Ze houden elkaars handen vast, terwijl er een fles wordt doorgegeven. Blijkbaar is het een of ander drankspelletje waarbij je niet mag praten, want niemand zegt een woord.

Het enige wat we horen is vreemde, klassieke muziek die vanuit de grond lijkt te komen.

De opkomst is behoorlijk mager.

Meer dan twintig mensen kunnen het niet zijn.

Karlijn knijpt in mijn hand. 'Niet bang zijn, hoor,' fluistert ze.

Ik probeer de prop in mijn keel weg te slikken, maar het lukt niet helemaal. Waar is het feestgedruis van net gebleven? Dat klonk gezellig. Dit ziet eruit als een akelige scène uit *Ares*. 'Ik ben echt niet bang.'

Ze knijpt nog een keer, en nu harder. 'Niet liegen.'

Wanneer we naar de vuurkorf lopen, word ik met elke stap nerveuzer.

Er klopt iets niet, maar ik kan niet zo snel ontdekken wat.

Sommige mensen hebben echt werk van hun outfit gemaakt. Ik zie een jongen die zich als Chucky heeft verkleed en een meisje dat een diadeem met een nepbijl draagt, zodat het net lijkt alsof iemand haar schedel heeft ingeslagen. Er zijn twee meisjes die hetzelfde jurkje dragen en er is een jongen in een pak dat minstens drie maten te groot is.

En dan zie ik wat er niet klopt.

Er zijn kinderen bij.

Heel jonge kinderen van zo te zien maar zes of zeven jaar. En kinderen die iets ouder zijn, maar in elk geval jong genoeg om nog op de basisschool te zitten.

Ik voel teleurstelling.

Is dit het doodenge Halloweenfeest waar iedereen op school het altijd over heeft? Moet dit me nachtenlang uit mijn slaap houden?

'We gaan,' zeg ik. Het is eruit voordat ik het goed heb overwogen, maar iets zegt me dat ik hier weg wil.

'Wat?'

'Kijk dan, er zijn kleine kinderen bij!' Ik demp mijn stem. 'Dat is toch geen Halloweenfeest? In een kringetje staan en elkaar een fles ranja doorgeven? Top. Héél spannend.'

Mert kreunt. 'Dit lijkt wel een feestje van de fokking scouting.' Hij rolt met zijn ogen. 'Weg hier. Voordat we elkaar nog spookverhalen moeten gaan vertellen.'

'Wacht nou even!' Karlijn verspert ons de weg. 'Wat maakt het nou uit!'

Ik kijk nog een keer goed naar de mensen rond de vuurkorf. Er zitten een stuk of vijf leeftijdsgenoten bij, maar ik herken niemand. Er is geen enkele klasgenoot komen opdagen.

'Wat willen jullie dan doen? Naar huis?' Karlijn kijkt van mij naar Mert. 'We zijn hier nu toch. Boeien dat er kinderen bij zijn. Juist lachen. Gaan we hén bang maken.'

We kijken naar de mensen in de kring die nog steeds zwijgend een fles doorgeven. Als we nu gaan, hebben ze ons niet eens opgemerkt.

'Vreemdelingen!'

Een jongen die met zijn rug naar ons toe staat, draait zich om. Hij heeft een Frankenstein-masker op waardoor hij een enorm groot voorhoofd lijkt te hebben. De jongen maakt zich los van de kring en knipt verrassend hard in zijn vingers.

Opeens draaien alle hoofden onze kant op.

'Welkom,' zegt de jongen. Jongetjé. Hij schuift het Frankenstein-masker omhoog, zodat we zijn gezicht zien. Ik vind het lastig om in te schatten, maar ik denk dat hij nog geen zeven jaar is. 'Hebben jullie de locatie makkelijk weten te vinden?'

Hebben jullie de locatie makkelijk weten te vinden? Welk kind praat er nu zo? Ik voel een onbestemd gevoel in mijn buik. Het klinkt alsof ze op ons hebben gewacht.

'Supermakkelijk,' zegt Karlijn en ze trekt me aan mijn arm mee. Ze knikt naar de kring met mensen. De meesten hebben elkaars handen nog steeds vast.

'Wat zijn jullie aan het doen?'

'We vertellen elkaar spookverhalen,' zegt het jongetje. Zijn blik verschuift naar Mert. 'En vergeef me als het niet zo is, maar ik dénk dat jullie nog wel een stel enge verhalen voor ons hebben.'

Weer dat onbestemde gevoel. Het lijkt wel alsof hij ons net heeft horen praten.

'Reken maar.' Mert begint te lachen.

Dikke kans dat hij het verhaal van Terry Zuiderduin weer gaat vertellen. Zijn neef Tarik was vorig jaar als politieagent ter plaatse op Clownsnacht, maar Mert vertelt het verhaal altijd alsof hij er zélf bij was die avond.

'Geweldig. Neem plaats in onze kring. Wil...' Het Frankenstein-jongetje richt zijn blik op mij. '...jij beginnen?'

Hij heeft wel echt werk gemaakt van zijn outfit. Zelfs de contactlenzen heeft hij niet geschuwd: zijn ogen zijn pikzwart, alsof ik recht door zijn schedel de nacht in kijk. Ik huiver als hij me net een tel te lang aankijkt.

Dan schud ik de rilling van me af.

Denkt zo'n jongetje nu echt mij bang te kunnen maken?

'Kennen jullie de legende van Bloody Mary?' zeg ik.

Iedereen in de kring kijkt me zwijgend aan. Ik ga expres

wat zachter praten. 'Het schijnt dat wanneer je om twaalf uur 's nachts drie keer in de spiegel haar naam noemt, haar geest uit de spiegel verschijnt. Wanneer je haar eenmaal hebt opgeroepen, laat ze je nooit meer met rust.'

Ik laat mijn blik door de kring gaan en wanneer ik het Frankenstein-jongetje aankijk, stap ik onverwacht snel naar voren en doe ik net alsof ik hem ga aanvallen. 'Wraaaaaah!'

Het jongetje blijft onaangedaan naar me kijken. 'Zeg haar naam drie keer in de spiegel en haar geest verschijnt,' zegt hij goedkeurend. 'Een echte horrorklassieker.' Verbeeld ik het me of kijkt hij me nu expres weer zo lang aan? 'Net als de Candyman.'

Het voelt alsof mijn keel wordt afgeklemd, zo hard, dat ik geen lucht meer krijg.

Op YouTube heb ik de trailer gezien. Het begon ermee dat vijf meiden in de spiegel Candyman oproepen. Daarna barstte de ellende zo snel los, dat ik niet wist hoe snel ik de trailer moest afzetten. Maar ik weet dat het jongetje dat niet bedoelt. In Westerdam heeft Candyman een heel andere betekenis.

Naast me zucht Karlijn overdreven. 'Niet wéér dat verhaal over "de man die Halloween verpestte".'

Ze maakt aanhalingstekens in de lucht.

'De Candyman is het meest slappe verhaal óóit. Een man die kinderen probeert te vermoorden met giftige snoepjes? Iedereen weet dat dat verhaal verzonnen is zodat we als kind niet te veel suiker naar binnen stouwden.'

'O ja?' Een tenger gebouwde, lijkbleke jongen met een piepstem onderbreekt Karlijn.

'Ik weet anders niet beter dan dat er écht iemand jaren geleden zijn bloedeigen kind heeft proberen te vergiftigen met snoep op de avond van Halloween.'

De jongen begint overdreven met zijn lichaam te schokken, terwijl hij spastisch zijn tong uit zijn mond laat hangen en doet alsof hij stikt. Een paar kinderen beginnen te lachen.

'Een paar minuten later en dat kind was hartstikke dood geweest.'

Karlijn rolt opnieuw met haar ogen. 'Het zal wel. Een vader die zijn eigen kind probeert te vergiftigen, geloof je het zelf?'

Ze slaat haar arm om mij heen. 'Jullie moeten echt met wat beters komen, willen jullie ons bang maken, nietwaar Sammy?'

Praten lukt niet meer, dus knik ik.

Mijn hartslag bonkt zo luid dat ik niet snap dat niemand het kan horen.

Ik weet dat de Candyman geen legende is.

Want de Candyman, dat is mijn vader.

3

Het is niet voor niets dat ik een hekel heb aan 31 oktober. Die datum had namelijk ook op mijn grafsteen kunnen staan.

HIER LIGT SAMIRA NOORDIJK.
HAAR VADER HEEFT HAAR VERMOORD
MET SNOEPJES DIE VOL GIF ZATEN.
SAMIRA WERD SLECHTS VIJF JAAR OUD.

Mijn vader heeft me geprobeerd te vergiftigen toen ik vijf jaar oud was. Gek genoeg herinner ik het me als een geweldig leuke avond. We logeerden dat weekend bij oma. Nadat mijn moeder het jaar daarvoor was overleden, sliepen we minstens één keer in de maand daar.

Ik vond het allang best.

Onze eigen kleine flat in de stad benauwde me.

Bij mijn oma thuis was alles ruim en groot en kon ik urenlang spelen zonder dat iemand me vond.

Mijn vader was ontzettend lief voor me.

Ik mocht urenlang filmpjes kijken en zo veel snoepjes eten als ik op kon. Ik at toffees in elke denkbeeldige smaak.

Van die rechthoekige, kleurige snoepjes die aan mijn kiezen bleven kleven.

Halverwege het zoveelste filmpje werd ik misselijk. Met één vingerknip kreeg ik hoge koorts. Ik begon te zweten, werd zo ziek dat het me niet meer lukte om op mijn benen te staan en kon geen woord meer uitbrengen.

Mijn vader zat daar maar.

Hij deed niet eens moeite om te vragen of het wel ging.

Het was dat mijn oma die avond eerder thuiskwam van haar bingoavond, anders was ik er niet meer geweest.

Opeens stond alles zoals ik dat kende op zijn kop. Als kind leer je dat je geen snoepjes mag aannemen van vreemden. Maar wat als het van je bloedeigen vader is? Dan mag het toch wel?

Het verhaal dat een vader zijn eigen dochter wilde vermoorden met giftige snoepjes, werd al snel door de lokale pers opgepikt.

Candyman, schreef een van de plaatselijke journalisten en toen duurde het natuurlijk maar even voordat het nieuws zelfs in het landelijke journaal was. Omdat ik minderjarig was en mijn moeders achternaam had, is het geen enkele journalist gelukt om mijn identiteit te achterhalen. Mensen in Westerdam hebben geen flauw idee dat ik het meisje ben dat door haar eigen vader vergiftigd werd.

Mijn vader heeft later beweerd dat hij bezeten was. Na maandenlang te zijn onderzocht door verschillende psychiaters kwamen ze tot dezelfde conclusie: mijn vader zegt langzaam gek te zijn geworden doordat hij al die jaren naast een begraafplaats heeft gewoond.

Hij had het over spelende kinderen die 's nachts uit hun graven kropen, schommels die uit zichzelf bewogen, kinderen die naast zijn bed stonden.

Zij hadden hem tot deze daad aangezet. De dode kinderen hadden een nieuw speelkameraadje gewild, had hij verteld.

Ik heb mijn vader al jaren niet meer gezien. Voor mijn part blijft dat de rest van mijn leven zo, maar mijn oma staat erop dat ik binnenkort meega naar De Waard, voordat hij op verlof mag.

'Mijn verhaal gaat dus niet over Candyman.' De stem van Karlijn brengt me weer terug naar het heden. 'Mijn verhaal gaat over de vermiste bruid.'

Karlijn kijkt me uitdagend aan. Ik weet zeker dat ze ter plekke iets gaat verzinnen.

'Laat me raden,' zeg ik. 'De bruid was een vijftienjarig meisje dat zich als bruid had verkleed en vermist raakte tijdens een Halloweenfeest?'

Karlijns grijns wordt groter als ze het gaas van haar heksenhoed voor haar ogen laat zakken. 'Niet bepaald. Het gaat over een bruid en een bruidegom die trouwden in een prachtig landhuis. Het was een geweldig feest: veel gasten, muziek, lekker eten. Toen iedereen was uitgegeten, hadden de gasten zin om een paar onschuldige spelletjes te spelen.

Iemand stelde voor om verstoppertje te spelen, zodat de kinderen ook mee konden doen. De bruidegom zou iedereen moeten zoeken.

De bruid wilde er zeker van zijn dat hij haar niet kon vinden en dus besloot ze zich ergens te verstoppen waar haar kersverse man haar niet kon vinden.'

Dit klinkt niet als een verhaal dat Karlijn ter plekke verzint. Ongemakkelijk kruip ik nog dieper weg in mijn jas.

'Op de zolder van het landhuis vond de bruid een oude kist waar ze in kroop. De bruidegom was in eerste instantie niet ongerust toen hij haar niet kon vinden. Het was een drukke dag geweest. Misschien was ze op bed in slaap gevallen.

Maar toen alle gasten al waren vertrokken en hij haar nog steeds niet had gevonden, begon hij zich zorgen te maken. Hij vond haar niet.

De hele nacht zocht hij samen met haar ouders naar de vrouw. Ze riepen, schreeuwden, maar wat ze ook deden: ze vonden haar niet.

De bruidegom was kapot van verdriet.

Hij raakte er steeds meer van overtuigd dat de bruid het spelletje had aangegrepen om ervandoor te gaan op hun bruiloft.'

De jongste kinderen in de kring zijn zo muisstil aan het luisteren, dat het lijkt alsof ze gestopt zijn met ademhalen.

'Pas jaren later,' gaat Karlijn verder, 'toen de moeder van het meisje was overleden, ging de vader van het meisje de zolder op om te kijken of er nog spullen van zijn pas overleden vrouw lagen.

Toen hij het stof van de kist veegde en deze opende, kreeg hij de schrik van zijn leven. Daar – op de bodem van de kist – lag een geraamte in een bruidsjurk.

De kaken van het skelet stonden wijd open alsof ze midden in een schreeuw was gestorven.'

Ik probeer me voor te stellen hoe machteloos dat moet voelen: je schreeuwt en blijft schreeuwen, en niemand die je hoort.

'Later bleek dat de deksel in het slot was gevallen toen de bruid zich in de kist had verstopt,' gaat Karlijn verder. 'Onder de randen van de deksel zat oud bloed. De bruid had haar vingertoppen tot bloedens toe opengekrabd.'

Ondertussen kijkt iedereen naar mij, alsof ik de vermiste bruid ben die is opgestaan uit de dood.

'Noem je dat een eng verhaal?' Mert geeuwt overdreven hard.

Karlijn tilt het gaas van haar heksenhoed op. 'Ja, dat noem ik een eng verhaal ja. Of wil je zeggen dat het jou wel wat lijkt: levend begraven worden?' Ze snuift. 'Als jij een beter verhaal weet, ga je gang.'

Mert laat expres een stilte vallen, om zo alle ogen op zich gericht te krijgen. 'Ik weet niet of ik het wel moet vertellen,' zegt hij dan. 'Ik bedoel: dat van mij is geen verháál.'

'Is het echt gebeurd?' vraagt een meisje uit de kring. Ze heeft schitterend blond haar dat tot op haar middel hangt, maar haar ogen staan donker.

'Sterker nog,' zegt Mert. 'Het heeft zich jaren geleden afgespeeld in het Woud.'

Op dat moment weet ik zeker dat het een verzonnen verhaal is. Over het Woud gaan zo veel rare gruwelverhalen rond dat minstens de helft moet zijn verzonnen. Als je elk verhaal zou moeten geloven, dan zouden hier al honderden kinderen zijn vermoord. En gek genoeg zijn het altijd kinderen die niet uit Westerdam komen, of van wie niemand de naam weet.

En toch wil ik het weten.

Toch wil ik ook dit onzinverhaal weer horen.

'Kennen jullie het verhaal van de huilende baby in de kinderwagen?'

Mert wrijft over zijn achterhoofd alsof hij zich daardoor beter kan herinneren hoe het verhaal ook alweer ging. Dan schraapt hij zijn keel, nadrukkelijk, en begint te vertellen.

'Dit verhaal speelt zich tientallen jaren geleden af, toen er nog een smalle weg midden door het Woud liep. Het was niet toegestaan om er met auto's op te rijden, maar veel mensen in Westerdam gebruikten het toch wel eens om snel van de ene kant naar de andere kant van het dorp te komen.

Op een koude winteravond hadden een jongen en meisje een date gehad. Ze waren samen naar de bioscoop geweest, hadden daarna in de stad nog iets gedronken, niets bijzonders.

Toen ze hun drankjes afrekenden, zagen ze dat het al later was dan ze dachten. De jongen stond erop om het meisje naar huis te brengen. Het zou onverantwoord zijn om het meisje nu nog alleen naar huis te laten fietsen. Hij gooide haar fiets in zijn kofferbak en het meisje nam plaats op de passagiersstoel. De jongen verzekerde het meisje dat ze met tien minuten thuis zou zijn: hij kende een snellere route: die door het Woud.'

Om me heen hoor ik mensen hun adem inhouden.

'Het meisje twijfelde. Ook zij kende de waarschuwingen om niet in het donker het Woud in te gaan,' gaat Mert verder. 'Maar nu waren ze met de auto. Met een beetje gas erop, waren ze zo het Woud door. Wat kon hun nu gebeuren?'

Naast me hoor ik Karlijn een zacht piepgeluidje maken. Zelf voel ik hoe mijn hart sneller klopt dan normaal.

'Toen de twee eenmaal diep in het Woud waren, durfde het meisje wat meer te ontspannen. De jongen reed ontspannen en snel, het was lekker warm in de auto en op de radio werden mooie liedjes gedraaid. En toen, net op het moment dat het meisje overmoedig begon te worden en het zelfs stoer van zichzelf vond dat ze zo laat nog in het Woud was, trapte de jongen vol op de rem. Op het bospad stond een kinderwagen, vol in het licht van de koplampen.'

Mert fronst zijn wenkbrauwen. 'Dat was vreemd. De kinderwagen stond er moederziel alleen. Er lag een dekentje op de grond alsof de kinderwagen in alle haast was achtergelaten.

De jongen draaide langzaam de volumeknop van de radio zachter. WHEEEEEE! WHEEEEEEEEE!'

Merts imitatie van een huilende baby doet me naar adem happen.

'Vanuit de kinderwagen klonk een oorverdovend gekrijs,' gaat Mert verder. 'De jongen en het meisje keken elkaar verschrikt aan. Wat moesten ze doen? Teruggaan? De politie bellen? Ze konden het baby'tje toch niet zomaar in de kou daar laten staan?'

'Natuurlijk wel!' roept Karlijn. 'Gas op die lolly!'

Mert klakt met zijn tong, alsof hij wil zeggen: dat hadden ze inderdaad beter kunnen doen.

'De jongen en het meisje besloten om uit te stappen. Voorzichtig liepen ze naar de kinderwagen, waarin het baby'tje non-stop huilde.'

'Welke moeder laat nu zo zijn eigen kind achter?' mompelde de jongen. Het meisje schuifelde naar de kinderwagen toe en keek. Ze hapte naar adem.

'Geen enkele moeder,' riep ze en met een ruk draaide ze de kinderwagen bij. Toen zag de jongen ook wat er niet klopte. Er lag geen baby'tje te krijsen in de kinderwagen. Er lag een plastic babypop die de herrie maakte.

Op dat moment sloeg ook bij de jongen de schrik om het hart.

Dit was foute boel.

Maar voordat hij wat kon zeggen, greep iemand hem van achteren beet. Aan zijn jas werd de jongen het donkere Woud in gesleurd. Het meisje gilde en het volgende moment kreeg zij een enorme klap op haar hoofd.

Een man met een verwilderd uiterlijk en grote littekens op zijn gezicht sleepte grommend het meisje aan haar voeten mee.'

Naast me begint Karlijn te kreunen. Zelf heb ik ook een misselijk gevoel in mijn buik. Ik weet dat het verhaal verzonnen is, dat het echt niet waar is, maar dat betekent niet dat mijn angst niet echt is.

Ook voor dingen die niet echt zijn, kun je bang zijn.

'En toen?' vraagt Karlijn. 'Hoe liep het af?'

'De volgende dag werd in het Woud de auto van de jongen gevonden. De portieren stonden wijd open en uit de kinderwagen was nog steeds het babygehuil te horen. Tot op de dag van vandaag zijn de jongen en het meisje spoorloos verdwenen.'

Het is alsof ik nu pas weer durf uit te ademen.

De jongen met het Frankenstein-masker lacht. 'En nú zijn we goed opgewarmd. Dank jullie wel. Het is tijd om Het huis zonder einde te betreden.'

4

'Willen jullie allemaal naar me luisteren?'

Op de smalle veranda van het landhuis knipt de jongen met het Frankenstein-masker opnieuw in zijn vingers om onze aandacht te trekken.

'Vanavond zullen jullie een unieke ervaring beleven,' begint hij. 'Het belooft opzienbarend te worden. Legendarisch! En ik beloof jullie plechtig dat jullie deze ervaring de rest van je leven niet vergeten.' Hij probeert boosaardig te lachen, maar het lukt niet helemaal. 'Dat wil zeggen, als jullie het huis levend weten te verlaten.'

Hij kijkt even over zijn schouder naar het huis en doet net alsof hij huivert.

'Er is een reden dat dit huis normaal gesproken verboden terrein is. Als je uit Westerdam komt, dan ken je de verhalen wellicht. Zo zou er volgens de ene legende een man hebben gewoond die op eerste paasdag zijn gezin uitmoordde en opvrat...'

'De bunnyman,' fluistert iemand achter me. Vliegensvlug draai ik me om, maar iedereen kijkt geconcentreerd naar het jongetje op de veranda.

'Andere mensen beweren dat dit huis al bijna een eeuw

lang een toevluchtsoord is voor dwazen en gekken uit de omgeving.'

'Daar hebben we De Waard toch voor?' roept Karlijn.

'In De Waard worden mensen gedwongen geplaatst, maar wanneer ze eenmaal gezond zijn verklaard, zijn ze vrij om te gaan. In Het huis zonder einde is het precies andersom: je gaat er uit vrije wil heen, maar daarna ben je gedwongen er voor altijd te blijven.'

'Wat?'

Ik kijk naar Karlijn en Mert, maar die lijken er ook niet veel van te snappen.

'Precies zoals ik het zeg.' De jongen lacht geheimzinnig, alsof hij nog veel meer wil vertellen.

'Het wordt niet voor niets Het huis zonder einde genoemd. Je zult dingen zien en horen die je niet voor mogelijk had gehouden.'

Achter me begint een meisje voorzichtig te klappen, en als vanzelf begint iedereen mee te doen.

Het jongetje sust dat het applaus moet stoppen.

'Het huis zonder einde zal je straks door verschillende kamers leiden. Wees niet bang dat je de weg niet zult vinden: het huis wijst het je vanzelf.' Hij zwijgt even. 'De tour duurt maximaal een kwartier. Ik kan niet vaak genoeg benadrukken hoe belangrijk het is om ook echt na die vijftien minuten weer buiten te staan.' Zijn stem klinkt opeens opvallend serieus. 'Wie te lang in Het huis zonder einde blijft, wordt gek.'

Hij telt op zijn vingers af.

'Deze tour is niet geschikt voor mensen met hartklachten. Voor mensen met een zwakke maag. Voor mensen die last hebben van psychoses. Voor mensen die alcohol of drugs hebben gebruikt.'

Zijn blik blijft op mij hangen. 'En dit huis is ook zeker niet geschikt voor mensen die aanleg hebben voor gek worden. Voor de rest is iedereen van harte welkom. Ik haal straks de eerste op.'

Karlijn slaakt een gilletje en begint van de zenuwen van haar ene voet op de andere te hupsen.

'Spannend! Ga je dit filmen? Ik ga dit zo hard filmen. Wat?'

Verbaasd kijkt ze mij aan en laat dan een kreun horen. 'Sammy... Je gaat wel, hoor. Zo eng is het echt niet.'

'O nee?' Ik herhaal wat het Frankenstein-jongetje zojuist heeft gezegd. 'Je zult dingen zien en horen die je niet voor mogelijk had gehouden.'

'Word je daar bang van? Dat is toch lachen.'

'Het is maar een kwartiertje,' mengt Mert zich in het gesprek. 'Voor je het weet, sta je weer buiten.'

Wacht. Moet ik ook nog eens alleen?

'Daag,' zeg ik. 'Ik ga echt niet in mijn eentje.'

'Ik wacht wel op je, oké?' Karlijn haakt haar pink om die van mij en kijkt me samenzweerderig aan. 'Ik ga als eerst en dan wacht ik binnen op je. Doen we het samen.'

Daarom houd ik van haar. 'Oké,' geef ik toe.

'En waag het niet om me te laten schrikken.'

Haar wenkbrauwen schieten omhoog. 'Dat zou ik nooit doen.'

Ik tik op haar puntige nepneus. 'Heks.'

Het ene na het andere kind verdwijnt door de smalle zwarte voordeur van het huis. Ik had opgewonden gegil uit het huis verwacht, net als bij het spookhuis op de kermis, maar het blijft griezelig stil. Alleen de vreemde, klassieke muziek speelt nog steeds zachtjes op de achtergrond.

Wanneer de eerste kinderen naar buiten komen, haal ik opgelucht adem.

Een meisje verkleed in een jumpsuit met een skelet op de voorkant komt vanachter het huis lopen. Ze lijkt nauwelijks aangedaan. Vrolijk zwaait ze naar haar vriendin. 'Het was leuk, vond je niet?'

'Ontzettend. Ik zou best nog een keer willen. Jij?'

Voorzichtig durf ik me te ontspannen. Dat klinkt niet alsof ze voor het leven zijn getraumatiseerd.

Dan is Mert aan de beurt.

Daarna Karlijn. Ze valt me overdreven om mijn hals alsof dit de laatste keer is dat we elkaar zien. 'Ik zal altijd van je blijven houden,' joelt ze overdreven. En dan – vlug, in mijn oor: 'Ik wacht in de eerste kamer op je.'

Wanneer Mert en Karlijn weg zijn, voelt de knoop in mijn maag toch weer strakker. Mijn oma zou vreselijk boos worden als ze wist dat ik hier nu was. Hoe vaak heb ik als kind niet gehoord dat het Woud verboden terrein was?

'En de laatste van vanavond.'

Ik schrik op.

Achter me staat het jongetje. Ik hoor hem onder zijn Frankenstein-masker grinniken. 'Je mag meekomen.'

De twee traptreden naar de veranda toe kosten me moeite.

Mensen zeggen wel eens dat ze lood in hun schoenen voelen als ze voor een zware opdracht staan. Volgens mij voelen je voeten ook écht zwaarder als ze je ergens moeten brengen waar je niet naartoe wil.

'Welkom bij Het huis zonder einde. Heb je zojuist alle voorwaarden meegekregen?'

Ik knik. Ik wil wel 'ja' zeggen, maar mijn mond is te droog.

'Dus geen hartklachten, maagklachten, psychoses? Je hebt geen drugs of alcohol gebruikt? Het is goed om te weten dat de deuren mechanisch worden bediend. Dat betekent dat de volgende deur van de kamer pas opengaat, als de vorige is gesloten.'

Het jongetje houdt zijn hand op. 'Dan mag je me nu je telefoon geven.'

'Sorry?'

'Je telefoon. Ik bewaar hem voor je en je krijgt hem daarna van me terug.'

Ik krijg een bittere smaak in mijn mond.

'Waarom?'

'Omdat iedereen anders gaat filmen. En niet iedereen hoeft te weten wat er hier gebeurt.'

Ik geef mijn telefoon aan het jongetje. In de klas moeten we onze telefoons ook altijd afstaan, dus ik weet niet zo goed waar het gevoel vandaan komt dat ik een fout maak.

'Dan krijg je deze daarvoor in de plaats.'

Het jongetje drukt een stopwatch in mijn handen, een felblauw digitaal klokje. 'Je mag op deze knop drukken zodra ik de deur achter je heb dichtgedaan. En onthou: vijftien minuten. En geen seconde langer.'

Ik knik.

'Ben je er klaar voor?'

Nee. Nee. Neeneeneenee.

De jongen buigt voor me langs om de voordeur met het cijfer 0 erop te openen.

Wanneer ik te lang op de drempel blijf treuzelen, duwt hij me met zachte hand naar binnen. Vlak voordat hij de deur achter me sluit, fluistert hij me toe: 'Hou je ogen open.'

Vijftien minuten zijn helemaal niets, vertel ik mezelf. Voor ik het weet, sta ik weer buiten.

Maar hoe hard ik het mezelf ook probeer wijs te maken, de zenuwen in mijn buik beginnen alleen maar harder te kriebelen.

Het ruikt binnen muf en bedompt, alsof er in geen jaren een raampje heeft opengestaan. Dat wil zeggen: als er een raam had gezeten.

Ik had verwacht dat ik meteen in een kamer zou stappen, maar ik kom in een klein voorportaaltje terecht: een langgerekt halletje dat aan het eind wordt afgesloten door twee donkerrode gordijnen.

Je kunt het bijna niet zien in deze schaars verlichte ruimte, maar als je goed naar de zoom van de gordijnen kijkt, zie je ze langzaam heen en weer schommelen.

Ondanks het angstige gevoel in mijn buik moet ik toch in mezelf lachen.

Ik durf er alles om te verwedden dat Karlijn daarachter staat. Ze is loyaal tot aan het einde, maar ik weet ook dat ze elke kans zal aangrijpen om me de stuipen op het lijf te jagen.

Maar wat zij kan, kan ik ook.

En beter.

Laat haar mooi maar even wachten.

Rechts van me hangen tientallen lijsten met zwart-wit-foto's van kinderen erin. Het zijn ouderwetse, statige foto's uit de vorige eeuw. Onderin heeft iemand jaartallen geschreven. 1946. 1947. 1952. Ze dragen grote kragen, jurkjes van kant, gekke, volwassen kleren. Geen van de kinderen op de foto lacht. En het meest vreemde is, dat ze allemaal hun ogen gesloten hebben.

De foto van het jongetje linksbovenin trekt mijn aandacht.

Zie ik dat nu goed?

Ik zet een stap naar voren en knijp mijn ogen een stukje dicht. Vreemd. Het jongetje op de foto lijkt op het Frankenstein-jongetje.

Sterker nog: ik durf er alles onder te verwedden dat hij het is.

Maar op de foto staat het jaartal 1947.

Dat kan toch niet?

Meteen spreek ik mezelf streng toe. Nee, natuurlijk kan dat niet. Maar ooit gehoord van Photoshop, Samira Noordijk? Serieus, als ik hier al de rillingen van krijg, kan ik net zo goed meteen rechtsomkeert maken.

Ik richt mijn aandacht op de houten piano die bijna de hele ruimte in beslag neemt.

Het ding zit zo onder het stof, dat ik kan lezen wat mijn voorganger erin heeft geschreven: BOE! Het moet vast een oude piano zijn, want de witte toetsen zijn helemaal vergeeld. Tussen twee toetsen steekt een opgevouwen wit vel papier uit.

Nieuwsgierig vouw ik het open.

Het ziet eruit als een meerkeuzeproefwerk met maar één simpele opdracht. De knoop in mijn maag wordt meteen strak aangetrokken.

Ik moet mijn grootste angsten aanvinken.

Ik lees de verschillende keuzes. Bloed, kleine ruimtes, donker, spinnen, clowns, geesten, naalden.

Als ik eerlijk ben, kan ik alles wel aankruisen.

Met de pen die ernaast ligt, vul ik mijn naam in. Donkerrode inkt zuigt in het papier.

Ik lees nog een keer alle antwoorden door en weeg mijn opties.

Wat kan ik het beste doen?

Alles aankruisen in de hoop dat ze me daardoor gaan sparen?

Of gaan ze juist inspelen op mijn angsten als ze die kennen? Moet ik bluffen of eerlijk zijn?

En dan zie ik het blauwe ding in mijn hand. De stopwatch! Ik ben helemaal vergeten de stopwatch aan te zetten!

Ik klik het ding meteen aan. Lukraak zet ik wat kruisjes op het papier: bloed, kleine ruimtes, geesten. Gehaast prop ik het formulier in de brievenbus.

Op het moment dat de klep van de brievenbus dichtvalt, begint de piano uit zichzelf te spelen.

Het is een langgerekte dreun, die wordt opgevolgd door vijf korte tonen. Meteen kruipt het geluid onder mijn huid. Het is zo spookachtig, zo indringend, dat ik huiver. Met mijn vingers duw ik mijn oren dicht.

De angst ebt weg en het lukt weer om logisch na te denken.

Wat had ik dan verwacht? Ze hebben zo'n lompe piano er echt niet voor de sier neergezet.

Ik zie hoe de toetsen van de piano worden ingedrukt, alsof hij wordt bespeeld door een spook.

De tonen herhalen zich opnieuw.

Toegegeven: het is best indrukwekkend.

Én handig, want daardoor wordt het geluid van mijn voetstappen overstemd en kan Karlijn me nooit horen aankomen. Op mijn tenen sluip ik naar de gordijnen.

Ik lees het bordje dat erboven hangt:

WAARSCHUWING.
Weet je zeker dat je verder wilt?

O, héél zeker. Voorzichtig zet ik de laatste twee stappen en laat dan zo geruisloos mogelijk mijn hakken de vloer raken.

Ik steek mijn hand uit naar de dikke bordeauxrode gordijnen en tel in mijn hoofd af.

Drie, twee...

Met een harde ruk trek ik het gordijn opzij.

'Ha!'

De rest van wat ik wil zeggen, sterft in mijn mond. Want achter het gordijn staat niemand.

Het enige wat ik zie, is een houten deur waarop een zwart geschilderde 1 staat.

Trut dat ze is.

'Ik wacht wel op je, oké?' Dat had ze gezegd. *'Ik ga als eerst en dan wacht ik binnen op je. Doen we het samen.'*

Ze had er zelfs nog een *pinky promise* bij gedaan.

Ontzettende trut.

Ze bekijkt het maar.

Ik gun mezelf een paar tellen om op adem te komen. Dan leg ik mijn hand op de goudkleurige deurklink en open de deur.

Door de borsteltjes aan de onderkant van de deur gaat-ie zwaarder open dan verwacht. Wanneer ik de deur al voor de helft open heb, zie ik nog steeds niets van de volgende kamer.

Het enige wat ik zie, is zwart.

Met mijn schouder duw ik de deur nu helemaal open.

Ik zie nog steeds niets.

De kamer kan zo groot als een klaslokaal of zo klein als een wc-hokje zijn: ik heb echt geen flauw idee.

Twijfelend blijf ik staan.

Op de stopwatch is de veertiende minuut al bijna om. Er zal vast niet écht iets ergs gebeuren als ik langer dan een kwartier in dit huis blijf, maar elke seconde die ik hier te lang ben, is er één te veel.

Wat moet ik doen?

Me omdraaien? Door de voordeur weer naar buiten gaan? Zo'n afgang is het toch niet als ik gewoon eerlijk toegeef dat ik niet meer durf?

En dan hoor ik iemand giechelen in het donker.

Het is een ingehouden, hoog giecheltje. Een giecheltje van een klein kind.

En dan herken ik het geluid.

Een giecheltje van een ontzettende trut.

Grappig.

Heel grappig dit.

Resoluut stap ik de kamer binnen en sluit de deur achter me. Nu het schermerlicht van de vorige kamer wegvalt, is het pas echt donker.

Het is een koud, drukkend duister dat tegen mijn kleren lijkt te duwen. Het voelt alsof de kamer me vacuüm zuigt.

'Karlijn?'

Ik strek mijn handen voor me uit en schuifel langzaam naar voren.

Mijn fantasie gaat met me aan de haal.

Wat als de vloer bezaaid is met vlijmscherpe glasscherven? Wat als ik zo in een metersdiepe put stort? Wat als er ergens in de kamer een dikke, gele wurgslang ligt opgerold?

Mijn hartslag bonst luid in mijn oren.

Ik was nooit echt bang in het donker, maar dit is anders. Dit werkt verstikkend.

Ik prent mezelf in rustig te blijven.

Hoe groot is nou helemaal de kans dat er echt een wurgslang in deze kamer ligt? Ik kan mezelf beter voorbereiden op Karlijn die elk moment in mijn nek kan springen.

Als vanzelf begin ik oppervlakkiger adem te halen. De stem van het Frankenstein-jongetje dringt zich aan me op. 'Hou je ogen open.'

Maar of ik mijn ogen nu open of dicht heb: ik zie precies evenveel.

Ha!

Ik schrik en ben opgelucht tegelijk. De kamer is niet zo heel groot, want nu heb ik al de andere kant van de kamer bereikt.

Haastig tast ik de muur af op zoek naar de deur en voel dat ik meteen beetheb.

Dit is een deur.

Toch?

Met mijn hand zoek ik de deurklink. Ik kan niet geloven dat ik hem nu al gevonden heb. Iets te enthousiast duw ik de deurklink naar beneden.

Niets.

De deur geeft niet mee.

Ik duw de klink nog een keer naar beneden en nog eens. Ik rammel eraan en gooi mijn schouder tegen de deur aan.

Niets.

Op de deur lichten zachtroze letters op. In een zwierig handschrift staat er geschreven:

Kies de juiste deur, want hierna is
er geen weg meer terug.

Ik hoor een kort klikje en dan is opeens het slot van de deur. Wanneer ik nu tegen de deur duw, gaat-ie open.

In mijn buik begint het te zeuren.

Ik vind dit helemaal niet leuk meer.

'Karlijn?'

Weer die ingehouden lach. Het donker werkt desoriënterend, want het lijkt alsof haar gegiechel nu opeens veel verder weg klinkt.

Ik heb de deur nauwelijks verder geopend of het voelt alsof hij ergens tegenaan botst.

En weer zie ik alleen maar zwart.

Met mijn voet tast ik de vloer af.

Het kiertje van de deur is zo smal dat ik me ertussen moet wurmen om in de volgende kamer te komen.

Niet doen?

Wel doen?

Ik besluit van niet en trek de deur weer in het slot. Op de tast zoek ik naar de volgende.

Ik durf te wedden dat deze hele kamer vol deuren zit. Hoe moet ik in vredesnaam de juiste kiezen?

Ik wil naar mijn telefoon grijpen om licht te maken, maar die heb ik natuurlijk bij het Frankenstein-jongetje moeten inleveren.

Achter me hoor ik voetstappen in mijn richting schuifelen. 'Samira...' hoor ik iemand fluisteren. 'Samiiiiiraaaa...'

'Karlijn, kappen! Help me liever die stomme deur te vinden.'

Gehaast ga ik de deuren af. De eerste drie geven niet mee, zelfs niet nadat ik even heb gewacht. De vierde deur die ik probeer, gaat maar open tot een kiertje, nog smaller dan de vorige. Hier past amper mijn hand door, laat staan mijn lichaam. Bij de vijfde deur is het raak.

Er hangen zwarte plastic stroken in de deuropening, maar veel belangrijker: daarachter zie ik licht. Ik ben zo opgelucht, dat ik bijna de boodschap die op de deur verschijnt niet zie. Ongeduldig laat ik de woorden tot me doordringen.

Weet je zeker dat je verder wilt?
Dit is de tweede en laatste waarschuwing.
Hierna is er geen weg meer terug.

'Hé, Karlijn?'

Doodse stilte.

En opeens ben ik het zat ook.

'Dan niet.'

Ik baan me met mijn vrije hand een weg tussen de zwarte plastic stroken die in de deuropening hangen.

'Sammy, kom op!' hoor ik Karlijn dan zeggen. 'Het was maar een geintje. Wacht, dan gaan we samen.'

Maar ik heb geen zin om nog langer te wachten.

Laat haar nu maar even voelen wat ik net voelde. Met een klap valt de deur achter me dicht.

Meteen heb ik spijt.

Spijt in heel mijn lichaam: ik voel het tot in de toppen van mijn vingers.

Wat ik zie, is zo eng dat paniek me overspoelt.

Noem me een jankerd, noem me een pussy, noem me wat je wilt, zolang ik hier maar weg kan.

Met een ruk draai ik me om.

Ik wil de deurklink grijpen, maar ik grijp in lucht. Aan de binnenkant van de deur zit geen klink!

'Karlijn. Karlijn!' Met mijn vuist bonk ik op de deur. 'Open de deur! Nu! Je moet hiernaartoe komen.'

Aan de andere kant van de deur rammelt Karlijn aan de deurklink. 'Het lukt niet!' jammert ze. 'Ik krijg hem niet open.'

'Duw harder!'

Ik hoor hoe ze kracht zet en tegen de deur aan beukt. 'Het lukt echt niet!'

De woorden van net dringen langzaam tot me door. Ze waren letterlijk. De woorden waren letterlijk bedoeld.

Hierna is er geen weg meer terug.

De deurklink ontbreekt.

Om uit dit huis te komen, zal ik wel alle kamers door moeten.

'Wat is er in jouw kamer, Sammy?'

Maar ik durf het niet te zeggen. Door het hardop te zeggen, zou ik het jinxen.

Want in deze kamer staan al mijn grote nachtmerries.

Ze staan zo dicht op elkaar gepakt dat ik er zigzaggend doorheen moet om aan de andere kant te komen.

Slenderman.

Pennywise.

Jigsaw.

Joker.

Chucky.

Jeff the Killer.

Die freak met dat witte masker uit de *Halloween*-films.

Ze staan allemaal met hun starre, doodse, lachende gezichten op me te wachten.

De kamer lijkt eerder op een gang dan op een kamer. Het plafond is zo laag dat ik het met mijn vingertoppen zou kunnen aanraken als ik mijn armen strek. Ik ben niet snel claustrofobisch, maar hier voelt het alsof ik nauwelijks kan ademhalen.

'Sammy? Wat is er in jouw kamer?'

Zal ik liegen? Haar wijsmaken dat er niets engs in deze kamer is?

'Samira?' Karlijn klinkt nu smekend.

Ik kan niet liegen, al zou ik het willen. De angst heeft mijn hersens compleet verlamd.

'P-poppen,' zeg ik.

'Poppen?'

'Levensechte.'

Ik hoor de opluchting in haar stem. 'Gewoon poppen

dus. Niets om bang voor te zijn.'

Ze wil me doen geloven dat ze niet meer bang is, maar ik prik daar dwars doorheen.

'Je hebt vroeger zelf toch ook gespeeld met poppen?' gaat Karlijn verder. 'Dat is toch niet eng?'

'Het zijn grote poppen.' Ik sluit mijn ogen alsof ik het zo makkelijker kan zeggen. 'Poppen zo groot als mensen.' Ik fluister bijna. 'Van Jeff the Killer en zo.'

Ik hoor de aarzeling in haar stem als ze mijn woorden herhaalt. 'Jeff the Killer?'

Ik hoor Karlijn aan de andere kant van de deur zwaar ademhalen. Ook al is ze hier niet bij me, ze moet in de buurt blijven.

Er circuleren ontzettend veel verhalen over hoe Jeff the Killer zo'n gewetenloze moordenaar is geworden. In de meest nare versie wordt hij uitgenodigd door drie jongens die hem altijd gepest hebben. In een woede-uitbarsting steekt hij de jongens neer en snijdt hij daarna in zijn eigen wangen, zodat hij eruitziet alsof hij altijd lacht. Iedereen die hem daarna nog durft uit te lachen, vermoordt hij ook. Zelfs zijn eigen familie is niet langer veilig.

'Zie je de andere deur al?'

Ik bal mijn vuisten.

Ik durf niet te kijken.

Die donkere kamer van net is echt een lachertje vergeleken bij deze. In deze kamer zou ik juist willen dat ik niets zag.

Oké. Rustig nu, Sam.

Wat is het ergste wat je kan gebeuren?

Het ergste is dat één van deze poppen tot leven komt en ik aan flarden word gereten.

Ik voel de angst wegzakken.

Hoe groot is de kans dat Jeff the Killer écht opeens begint te lachen? Dat hij zijn gekartelde mes tussen mijn ribben steekt?

Als het echt zo was dat deze horrorpoppen tot leven zouden komen, dan zou het hier vol liggen met afgeslachte mensen.

'Sammy, kun je de andere deur al zien?'

Ik ga op mijn tenen staan om zo een beter zicht te hebben. 'Ja.' Opgelucht knik ik mijn hoofd. 'Ik zie hem. Het is niet ver.'

'Hoeveel meter?'

'Vier? Vijf?'

'Oké, dus we kunnen elkaar nog makkelijk horen, toch?'

Ik knik opnieuw. 'Ja.'

'Dit kun je, Sam. Stap voor stap. Het zijn gewoon een stel poppen. Niets aan de hand.'

'Niets aan de hand,' herhaal ik.

En dan zet ik de eerste stap.

Angst krioelt door mijn buik als ik me langs de Slenderman-pop wurm.

Hij is zo lang dat zijn nek tegen het plafond drukt en zijn gezichtloze hoofd op me neerkijkt. Ik huiver als ik zijn slappe, onnatuurlijk lange arm tegen die van mij voel.

Gewoon een stel poppen. Ik herhaal de woorden van Karlijn als een mantra in mijn hoofd. *Niets aan de hand, niets aan de hand, niets aan de hand.*

Ik ben net een stap voorbij Slenderman, als Chucky voor me staat. De poppen staan zo dicht op elkaar gepakt, dat zijn poppenlichaampje tegen mijn bovenbeen duwt. Zijn hoofd is opgetild, zodat hij me hysterisch lachend aankijkt.

Ik daag mezelf uit recht in zijn dode poppenogen te kijken, recht in de bek van het beest te kijken.

Zijn ogen worden opeens pikzwart en het volgende moment klapt de kop van Chucky met een mechanisch klikje in twee helften open.

Uit de hals van de pop steekt een pin met een plateau, dat sierlijk om zijn as draait.

Op het schaaltje liggen afgehakte vingers die druipen van het bloed. Tientallen volgevreten maden krioelen tussen het vlees en de pus.

Nerveus begin ik te lachen.

Dit is precies waarom de meeste horrorverhalen eerder lachwekkend dan huiveringwekkend zijn: omdat ze op een gegeven moment uit de bocht vliegen.

Toegegeven, de maden zijn best ranzig. Maar de afgehakte vingers zijn zo overduidelijk nep dat ik bij wijze van spreken het prijskaartje nog kan zien zitten.

'Sammy? Ben je er nog?'

Tussen de afgehakte vingers ligt een sleutel. Instinctief weet ik dat ik die straks een keer nodig zal hebben om een deur te openen. En ik weet ook dat hoe langer ik naar die vieze, witte maden kijk, hoe meer ik ga walgen.

Walgend steek ik mijn duim en wijsvinger uit naar de sleutel. Ik wil net de sleutel oppakken, als een dikke made zich traag in het bovenste gaatje van de sleutel wurmt.

Als vanzelf begin ik te kokhalzen. Vliegensvlug pak ik de sleutel en laat hem op de grond vallen. Wat ik hoopte, gebeurt ook: de made is van de sleutel gevallen. Snel stop ik de sleutel in mijn zak.

Niet meer aan denken.

Door nu.

Ik baan me een weg langs de laatste zes poppen alsof ik door een drukke schoolgang loop. Bij de laatste pop, een grote man die een wit masker draagt en een kettingzaag vastheeft, houd ik mijn adem in om me zo klein mogelijk te maken.

Met mijn ogen dicht pers ik mezelf langs de pop, ervan overtuigd dat de kettingzaag elk moment dat afschuwelijke, ronkende geluid gaat maken.

Gehaast zet ik de laatste stap en dan sta ik rug aan rug met de laatste pop. De deur is letterlijk binnen handbereik. Ik zie geen slot, dus voor deze deur zal ik de sleutel nog niet nodig hebben.

'Monica?'

Van schrik deins ik achteruit, zo hard dat de pop met de kettingzaag tegen de muur klettert.

In het hoekje naast de deur zit een man in een oud, kapot trainingspak. Hij zit met zijn rug tegen de muur, zijn knieën hoog opgetrokken. Verward kijkt hij naar de fles alcohol in zijn handen, terwijl hij iets onverstaanbaars brabbelt.

Ik wil me omdraaien, maar bedenk meteen dat ik niet terug kan. Ik móét door de volgende deur.

De man is zo ver heen dat hij niet eens doorheeft dat ik er ben. Hij ziet eruit alsof hij hier al jaren zit: zijn onverzorgde baard zit vol viezigheid.

Mijn hart raast in mijn keel als ik de laatste stappen naar de deur wil zetten.

Vanuit mijn ooghoeken zie ik wat bewegen.

Het volgende moment staat de man opeens naast me. Hij grijpt me bij mijn pols en knijpt, hard.

'Monica,' stoot hij uit met schorre stem.

'Hé!' Ik probeer me los te rukken, maar hij is verrassend sterk. 'Laat me los!'

'Monica, schatje. Ben jij het echt? Toe. Alsjeblieft. Blijf nog even hier.'

‘Ik ben Monica niet!’

Met mijn vrije hand duw ik hem onverwachts hard op zijn borstkas. Van schrik laat hij los.

Hij wil me weer beetpakken, maar ik ben sneller.

‘Blijf van me af, gek!’

In een reflex gooi ik mijn stopwatch naar hem toe. Het ding raakt hem vol op zijn rechteroog.

Op de achtergrond hoor ik Karlijn in paniek gillen.

‘Sammy! Wat is er! Wat gebeurt er!’

Maar ik heb geen tijd om het haar uit te leggen.

Weg! Ik moet hier weg!

Ik tril over mijn hele lijf als ik de deur open en naar de andere kamer glip. Met een klap valt de deur achter me dicht.

De opluchting is zo groot, dat het me duizelt.

Ik heb zin om te lachen en te huilen tegelijk.

Dan hoor ik de man achter me fluisteren, zo duidelijk, alsof er geen deur tussen ons in zit.

Het brabbeltoontje is verdwenen.

Volkomen beheerst hoor ik hem zeggen: ‘Tiktak. Loop maar snel door, meisje. Je tijd is bijna om.’

Een acteur.

Het is gewoon een acteur, Sam!

Ik knijp mijn ogen dicht en leg mijn hand op mijn razende hart in de hoop dat ik het zo weer tot bedaren kan brengen.

Rustig.

Bij die *Fright Nights* hebben ze toch ook altijd van die verklede freaks rondlopen? Dit doen ze alleen om je te laten schrikken.

Ik geef mezelf een paar tellen om bij te komen.

Adem in, adem uit.

Wees blij dat-ie zich als zwerver had verkleed. Als Jeff the Killer opeens tot leven was gekomen, had ik alles bij elkaar gegild.

Adem in.

Adem uit.

Nu mijn hartslag weer zijn normale tempo heeft aangenomen, baal ik dat ik mijn stopwatch naar hem heb gegooid. Het was prettig om een houvast in mijn handen te hebben.

Ik adem nog een keer rustig in en uit en open dan mijn ogen.

Het enige wat ik zie is een kleine, lichtgevende schakelaar op de muur. Wanneer ik de schakelaar omlaagklik, klinkt er een zacht gezoem. Fel, koud licht dat pijn doet aan mijn ogen springt aarzelend aan.

Dit is gek.

Dit is heel gek.

Verbaasd zet ik een stap naar voren.

Het kan niet dat ik hier nu sta.

Hoe hebben ze in vredesnaam de meisjestoiletten van school zo goed weten na te bouwen?

Vertwijfeld blijf ik staan.

Ik herinner me de woorden van het Frankenstein-jongetje weer. *Je zult dingen zien en horen die je niet voor mogelijk had gehouden.*

Bedoelde hij dit?

Niet te geloven: de blauwe, vaal uitgeslagen tegeltjes op de vloer, de vochtplekken in het plafond, de kapotte spiegel boven een van de wasbakken: het is werkelijk alsof ik de toiletten op school ben binnengestapt.

Zelfs de teksten op de handdroger (SCHOOL SUCKS/MENEER NAKABI IS EEN CRACKSPUITER/OFIRA SLIKT VOOR LIKES) ontbreken niet.

In een rechte lijn tegenover de wasbakken staan de drie wc-hokjes.

De keurig gesloten deuren geven het geheel een griezelige aanblik. Elk moment verwacht ik dat er schoenen onder de deur vandaan piepen of dat er iemand met een schreeuw uit een van de hokjes springt.

'Hallo? Is daar iemand?'

Meteen kan ik mijn tong wel afbijten. Ben ik echt dat horrorcliché? Wat verwacht ik nu? Dat een klasgenootje een van de wc-deuren opent, ook 'hallo!' zegt, haar handen wast en daarna weer vertrekt?

Ik schuifel een paar pasjes naar voren tot ik voor de drie wc-deuren sta.

Het is me duidelijk dat ik één van die drie deuren zal moeten kiezen, maar op basis waarvan?

Hoe weet ik welke ik moet kiezen?

Ik besluit eerst te kijken wat er achter de deuren zit, voordat ik een keuze maak.

Vastberaden trek ik de linkerdeur open.

En daar zit het grote verschil met de toiletten op school.

Want in plaats van een wc-pot, staat hier een tafeltje dat tot mijn borst komt, met een rechthoekig kistje erop. Achter het tafeltje is een glimmend witte deur. Het heeft een plastic klink en geen sleutelgat. Er zit een sticker op met het getal 4. Verder is er niets in het hokje te vinden, behalve een camera in de hoek die mijn bewegingen volgt.

Het houten kistje op de tafel is bewerkt met allerlei vreemde, oranjekleurige figuren.

Voor het kistje ligt een vel papier. In krullerig handschrift staat erop geschreven:

Ik zal je het beste gevoel in de wereld geven.

In elke andere situatie had dat fantastisch geklonken, maar nu begint mijn buik ervan te zeuren. Ik durf te wedden dat er het tegenovergestelde mee wordt bedoeld.

Ik leg mijn vingers op de deksel en praat mezelf moed in. Kom, Sam. Wat kan er in zo'n klein kistje liggen waar je bang voor kunt zijn?

De scharnieren piepen als ik de deksel optil. En dan zie ik wat er op de fluwelen bodem van het kistje ligt.

Een spuit.

Er ligt een injectiespuit in met een dunne naald en een heldere oranje vloeistof.

Op slag word ik misselijk.

Als ze ook maar één seconde denken dat ik die naald in mijn arm ga steken, zijn ze knettergek geworden.

Met een klap sla ik het kistje weer dicht.

Geen denken aan.

Nooit van mijn leven.

Ik verlaat het wc-hokje en neem de volgende deur.

Ook hier staat een hoog tafeltje met een kistje erop, alleen is dit niet van hout, maar van knalroze plastic. Voor het kistje ligt een papiertje met een ander, kinderlijker handschrift. Er staat op:

Ik laat je dingen zien die er niet zijn.

Lijkt dat niet op wat het Frankenstein-jongetje zei?

Ik moet weten wat er in het kistje zit. Erger dan een injectienaald kan het niet zijn. Toch?

Een kreun ontsnapt uit mijn keel als ik zie wat er op de bodem ligt.

Een pil.

Een knalroze pil, zo roze als het kistje.

In mijn buik begint een woedevlammetje te wakkeren. Dit kunnen ze niet maken. Niemand kan me dwingen om een pil te slikken waarvan ik niet weet wat voor troep erin zit.

Woedend kijk ik in de camera.

In een flits steek ik mijn middelvinger op.

'Jullie zijn helemaal gestoord. Hoor je me? Helemaal gestoord!'

Expres knal ik de deur achter me dicht als ik het hokje uit loop. Ik moet weten wat er in het volgende kistje zit.

Poeder om te snuiven?

Gouden lachgasballonnen?

Maar zodra ik de deur heb geopend, is het alsof iemand me onverwacht hard tegen mijn wang heeft geslagen.

Wat er in dit wc-hokje staat, had ik zelf niet kunnen verzinnen. Want op het hoge tafeltje staat geen kistje. Er staat een luxe gouden schaal op een dun pootje.

En de gouden schaal is gevuld met toffees, gewikkeld in die herkenbare kleurrijke papiertjes.

Binnen één tel word ik zo duizelig dat de hele wereld begint te draaien. *Dat zijn de toffees waarmee mijn vader me wilde vergiftigen.*

Als in een film ploppen er herinneringen naar boven. Ik zie mezelf als vijfjarig meisje, huilend en brakend, omdat ik me zo ellendig en ziek voelde. Ik zie mijn vader ruziemaken met mijn oma, terwijl ze het alarmnummer belt. Ik zie mijn vader in elkaar gezakt op de grond, terwijl hij in complete radeloosheid zijn haren uit zijn hoofd trekt.

Ik moest het doen!

Snap het dan!

Ik wilde dit toch ook niet!

Voor de schaal met toffees ligt een vel papier met daarop een korte tekst gekrabbeld:

IK BEN GEWOON LEKKER.

Ik kan wel janken.

Dat zijn mijn keuzes?

Een injectiespuit, een pil waarvan ik geen flauw idee heb wat erin zit en een toffee waar ik een trauma aan heb overgehouden?

En dan zet het woedevlammetje in mijn buik mijn hele lichaam in de fik. Gefrustreerd rammel ik aan de deurklink, zo hard dat mijn knokkels wit worden. Ik trap hard tegen de deur en het voelt lekker, zo intens lekker, om al mijn woede er in één keer uit te gooien.

Wanneer de deur niet meegeeft, storm ik naar de vorige deuren. Als een bezetene rammel ik ook daar aan de deurklinken tot mijn woede eindelijk is geluwd en ik het aan mezelf wil toegeven: de deuren gaan niet open.

Ik steek mijn beide middelvingers op voor ik het laatste hokje verlaat.

Voor de drie deuren hijg ik uit, met mijn handen op mijn knieën. Ik weet dat ik iets moet doen, voordat een van de deuren opengaat.

En ik weet ook heel goed wat.

Ik wil het alleen nog zo lang mogelijk negeren.

Dan begint de handdroger achter me lucht te blazen. Wanneer ik me omdraai, zie ik dat er in hoog tempo letters van de geschreven teksten verdwijnen. De a's verdwijnen, de e's vallen weg, de n, de c, de b, net zo lang totdat er een korte zin op de handdroger blijft staan.

SPUIT OF SLIK

Een jammerende kreun ontsnapt uit mijn keel.

Ik voel me opeens moe, zo doodmoe.

Alsjeblieft.

Alsjeblieft, laat me niet moeten kiezen.

De handdroger stopt met het blazen van lucht. Ik open de middelste deur en zoek de camera op.

'Mag ik er alsjeblieft uit?'

Mijn stem klinkt als dat van een meisje dat je met één

vinger kunt vermorzelen. En zo voel ik me ook. Al die kinderen voor me hebben natuurlijk zonder na te denken een toffee in hun mond gestoken, maar ik kan het niet.

Ik.

Kan.

Het.

Niet.

'Jullie snappen het niet, maar ik moet hieruit. Alsjeblieft.' Het rode lampje van de camera begint te knipperen. De camera schuift zoemend naar links. Dan naar rechts.

Nee, schudt het.

'Luister dan. Het is niet wat jullie denken. Ik kan gewoon niet –'

Met een klap valt het licht uit. En dat niet alleen. Ook het rode lampje en het zoemende geluid van de elektriciteit vallen uit.

Door de stoot adrenaline die vrijkomt in mijn lichaam kan ik het allemaal even heel helder zien.

Ik zal moeten spuiten of slikken om deze kamer te verlaten.

Rustig, Sam. Denk na.

Ik haal diep adem.

Ik durf te wedden dat er geen drugs in de spuit en pil zitten. Zo ver zouden ze nooit gaan. Dus blijven die twee keuzes over: een naald in mijn lichaam prikken of een pilletje doorslikken.

Op de tast open ik het kistje en zoek de pil. Tussen duim en wijsvinger houd ik hem op naar de camera.

Het rode lampje springt weer aan.

'Tevreden?' Met een laatste restje verzet kijk ik naar de camera.

Dan stop ik de pil in mijn mond, schuif 'm vliegensvlug

onder mijn tong en maak dan een opvallende slikbeweging.

'Zo. Kláár!' Overdreven steek ik mijn tong uit naar de camera. Ik zoek de deurklink en duw, maar de deur geeft geen centimeter mee.

Ik duw nog harder, maar er is geen beweging in te krijgen.

Paniek slaat om mijn hart.

'Kom op nou! Doe die deur open!'

Onder mijn tong begint de pil te smelten. Ik voel het ding langzaam oplossen, hoe de bittere smaak begint te overheersen.

Harder rammel ik aan de klink. De laatste restjes van de pil smelten onder mijn tong, net zo lang totdat er alleen nog maar kruimeltjes over zijn.

'Toe nou,' jammer ik met mijn mond vol speeksel.

Het enige wat ik nu nog kan doen, is doorslikken of uitspugen. Razendsnel overweeg ik mijn opties. Als ik hem nu uitspuug, moet ik dan alsnog de naald in mijn lijf prikken of de toffee opeten?

Met één beweging heb ik de gesmolten pil doorgeslikt. Meteen geeft de deurklink mee.

Ik wil er niet aan denken wat ik zojuist heb doorgeslikt, welke troep ik nu in mijn lijf heb.

Het is echt geen drugs, Sam.

Haastig duw ik de deur verder open. Bijna meteen bots ik tegen de treden van een trap op.

Ladder. Dat is misschien een betere omschrijving. Het ding is zo steil dat ik verticaal omhoog moet klimmen.

Ik leg mijn hoofd in mijn nek en kijk naar boven. Ik zal een behoorlijk aantal treden moeten klimmen voordat ik bij de opening bovenaan ben.

Resoluut stap ik op de eerste tree. Alleen mijn tenen kan ik erop kwijt. Ik neem een grote teug adem en begin te klimmen.

Aan weerskanten van de ladder zitten metalen leuningen waar ik me aan vast kan houden.

De koker is zo krap dat mijn rug langs de muur schuurt.

Er kruipt een gedachte mijn hoofd binnen die ik steeds harder wegduw. Niet denken aan dat ene – stop! – gerucht dat Terry Zuiderduin – stop! – dat meisje dat alleen thuis was aan haar enkels – stop! – van de trap af sleurde.

Zo vlug als ik kan, beklim ik het laatste stukje van de ladder. Nog voordat ik goed heb kunnen zien wat er zich in deze kamer bevindt, ben ik de vloer al op gekropen.

Zachtjes hijg ik uit, maar het gaat moeizaam. Het lijkt wel alsof de lucht hier veel dikker, veel zwaarder is.

Wanneer mijn ogen gewend zijn aan het zachte licht, zie ik in wat voor soort ruimte ik ben beland.

Het is een stoffige zolder met schuine wanden en een vloer bestaand uit houten planken.

De kamer is schaars verlicht door kaarsen die aan houders aan het plafond hangen of in flessen gestoken op de grond staan.

Er staan een paar grote koffers en kisten met hangsloten, een paspop zonder hoofd en een stel schilderijen. Alles is bedekt onder een dikke laag stof alsof er al jaren niemand is geweest. Er bekruipt me een onrustig gevoel.

De planken onder mijn schoenen kraken als ik de eerste paar passen zet. Ik scan het vertrek op een deur, maar aan de andere kant van de zolder hangt alleen een manshoge spiegel.

Dan klinkt er een aarzelende stem. 'Hallo...?'

Met een ruk draai ik me om. Bloed suist in mijn oren.

Het was mijn eigen stem.

Toch?

Maar het vreemde is, dat mijn stem heel jong klinkt. En nog vreemder is, dat de stem uit de kieren tussen de vloerplanken komt. Het bloed in mijn oren begint harder te suizen. Ik hoor voetstappen een verdieping onder me. Word ik gek? Willen ze me nu echt laten geloven dat ik zogenaamd nog steeds beneden in de meisjestoiletten ben?

'Hallo? Hallo! Hier ben ik.' Weer die stem. Van de zenuwen begint mijn buik pijn te doen.

Ben ik nu echt bang voor mezelf? Als mijn hart niet als een idioot in mijn borst had gejakkerd, was het haast grappig geweest.

Ik leg mijn hand op mijn hart alsof ik het zo tot bedaren kan brengen. Aarzelend schuifel ik richting de spiegel.

Het is een behoorlijk ding, net zo groot als een deur. Het heeft een sierlijke, bronzen lijst met allerlei indrukwekkende krullen en kleine engeltjes die op een hoorn blazen.

Op de spiegel zit een dikke laag stof. Met een vinger heeft iemand er iets in geschreven.

Er staat: ROEP MIJ DRIE KEER EN IK VERSCHIJN.

De woorden zijn nauwelijks tot me doorgedrongen, of er klinkt een stem vanuit de kieren van de vloer. 'Kennen jullie de legende van Bloody Mary?'

Dit is honderd procent zeker mijn eigen stem.

Wat klink ik jong en onschuldig. Is dit hoe anderen mij horen? Maar nog veel belangrijker: hoe hebben ze het voor elkaar gekregen om mijn stem buiten al op te nemen?

Ik knijp mijn ogen stijf dicht.

Ik wil dit niet.

Alsjeblieft, laat me niet drie keer Bloody Mary voor een spiegel hoeven zeggen.

Ik kijk achterom naar de zolder. Ik denk aan de kamer hiervoor en die daar weer voor. Ik kan niet terug. Ik moet door.

Schuifelend kom ik dichter bij de spiegel, als er opeens een harde tochtvlaag door de zolder trekt die de kaarsen in één klap dooft.

Alle kaarsen, op één na.

In de hoek staat een smalle witte kaars te branden met een heel zwak vlammetje.

Ik pak de druipende kaars uit de houder en houd 'm stevig vast. Mijn hand vouw ik om het zwakke vlammetje om het te beschermen.

Met de kaars nog steeds voor mijn borst neem ik mijn plek weer in voor de spiegel. Het zwakke kaarslicht werpt spookachtige schaduwen op mijn gezicht. Ik huiver als ik mezelf in die bebloede trouwjurk zie. Het lijkt alsof ik regelrecht uit een horrorfilm kom.

Mijn stem klinkt onzeker als ik mijn mond open.

'Bloody Mary.'

Ik heb de woorden nog niet uitgesproken of er begint op de zolderkamer luid een klok te slaan. Ik schrik. Waar komt dat geluid vandaan? Ik heb geen klok gezien zojuist.

Hier sta ik dan, voor een spiegel met kaarslicht en op het punt om voor de tweede keer een geest op te roepen.

'Bloody Mary.'

Als ik nu snel die derde keer zeg, ben ik ervan af, denk ik bij mezelf. Ik open mijn mond, maar het voelt alsof iemand zijn hand om mijn keel legt en zachtjes knijpt. Ik kuch, begin te hoesten en strek mijn hals om die klem op mijn keel te verwijderen.

Je voelt dit niet echt, Sam. Je maakt jezelf gek, doe niet zo raar nu!

Ik knijp mijn ogen stijf dicht. Met een vreemde piep komen de woorden uit mijn keel.

'Bloody Mary.'

Voorzichtig open ik mijn ogen weer.

Even gebeurt er niets.

Ik kijk naar mijn eigen spiegelbeeld, en zie hoe mijn hart bonst in mijn keel.

En dan lost de spiegel op.

Het is alsof de spiegel niet uit glas bestond, maar uit mist die plots in de lucht verdampt.

Alleen de sierlijke bronzen lijst blijft hangen.

Aan de andere kant staat een klein meisje op blote voeten in een mouwloos wit jurkje. Dikke zwarte haren hangen als gordijnen voor haar gezicht.

'Dag Samira.'

Haar stem herken ik meteen. Dát is de stem die ik zojuist hoorde.

'W-wie ben jij?'

Het meisje tilt haar hoofd op en kijkt me aan. Dat wil zeggen, als ze me aan had kúnnen kijken. Ze heeft gruwelijke donkere, lege oogkassen alsof ze haar eigen ogen heeft uitgekrabd. Haar grauwe gezicht zit onder de littekens en bloederige krassen.

'Wat kijk je bang,' zegt het meisje. 'Je ziet eruit alsof je een geest ziet.'

'W-wie ben jij?'

'Je hoeft niet bang te zijn. Echt niet. Ik beloof je dat ik je geen pijn doe.'

Haar make-up is zo levensecht dat het lijkt alsof ze geen ogen meer heeft. In plaats daarvan staar ik in twee zwarte gaten.

Voor de derde keer vraag ik het en nu zonder te stotteren. 'Wie ben jij?'

Ze houdt haar hoofd schuin en schenkt me een lieve glimlach. Ik weet niet waar het vandaan komt, maar er daalt een rust over me. Mijn paniekerige hartslag vertraagt en ik voel de angst uit mijn lichaam verdwijnen.

'Je weet wie ik ben,' zegt het meisje. Haar stem is slepend, alsof de woorden aan elkaar plakken. 'Je hebt me drie keer opgeroepen.' Dan fluistert ze opeens zo zachtjes, dat ik – ik kan het niet anders omschrijven – het alleen in mijn hoofd hoor. *Of nou ja, een soort van.*

Ze steekt haar rechterhand naar me uit. 'Kom je? Ik weet hier de weg.'

Automatisch wil ik haar hand pakken, maar opeens trekt ze zich terug. Ze giechelt, alsof we een spelletje spelen, waarvan ik niet wist dat we al begonnen waren.

Ik stap door de spiegellijst de gang in. Felgeel licht knippert aan het plafond. Zodra ik alle deuren zie, begin ik te kreunen. Niet weer.

'Kom je nog?'

Wanneer ik opkijk, staat het meisje al een paar meter verderop. De deur helemaal aan het eind van de gang is zachtroze en versierd met kleine, witte bloemen. Het ziet er zo lief, zo schattig uit dat mijn laatste restje angst verdwijnt. Op een houten bordje staat in krullerige letters:

dit is de kamer van m.

Eronder staat het getal 5.

Wanneer ik de deur open, hoor ik eerst de muziek.

Het is mooie, dromerige muziek.

Een beetje spannend ook, met zware hoorns en hoog getinkel. Het doet me denken aan de muziek van de Droomvlucht, maar dan de griezelige variant.

Het meisje staat al in het midden van de slaapkamer. Ze glimlacht trots en opgetogen, alsof ze niet kan wachten me een rondleiding te geven.

'Dit is mijn kamer. Vind je hem mooi?'

Mooi is niet het goede woord.

Ik bedoel, ik snap dat zij de kamer mooi vindt. Ik snap dat zij hem waarschijnlijk prachtig vindt. Zelf had ik dit ook als vijfjarig meisje fantastisch gevonden, maar ruim tien jaar later doen al die mierzoete kleuren pijn aan mijn ogen.

Toch hoor ik mezelf 'ja' zeggen.

Het is een lage, maar ruime kamer. Ik scan de ruimte meteen op de volgende deur, maar ik zie hem niet.

Links van me staat een ouderwets hemelbed met een sprei die de kleur heeft van marshmallows.

Achter het meisje hangen dubbele, oudroze gordijnen

tot op de grond. Tegen de meest rechtse muur staan een ouderwetse kledingkast met vier grote lades en een staande koekoeksklok van donker hout.

In een hoek staat een houten hobbelpaard dat zachtjes heen en weer wiebelt, alsof het meisje het zojuist nog een tik heeft gegeven.

In plaats van posters van Elsa en Anna aan de muur, hangen er olieverfschilderijen van statige prinsessen. In een mandje liggen stoffen poppen in plaats van plastic barbies.

Dit is een meisjeskamer uit de vorige eeuw.

Ik voel me opeens totaal niet meer op mijn gemak.

Ik weet twee dingen heel zeker: het eerste is dat de deur achter één van die dubbele gordijnen moet zitten. En het tweede is dat ik hier weg wil.

Ik negeer het meisje dat nog steeds glimlachend in het midden van haar kamer staat. Met een ruk trek ik de linkergordijnen open.

Geen deur.

In plaats daarvan zie ik een getekend raam op de muur. Iemand heeft flink zijn best gedaan om het uitzicht zo natuurgetrouw mogelijk te schilderen. Ik kijk uit op een glooiend landschap met koeien en schapen, afstekend tegen een oranje lucht. Elk ander moment had ik me hierin graag willen verliezen, had ik me graag willen verwonderen over de magische details in het schilderij.

Maar nu niet.

Nu haast ik me naar de gordijnen aan de andere kant en trek ook die met een ruk open.

Weer geen deur.

Maar hier heeft duidelijk wel een echt raam gezeten. Het is een smal, rechthoekig raampje, niet veel groter dan een kelderraam. Nu is het dichtgetimmerd met twee planken die elkaar kruisen. Is dit de uitgang naar de volgende kamer? Zou ik hier doorheen passen? Ik haak mijn vingertoppen achter een van de houten planken en begin te trekken.

'Wat doe je?' Het meisje giechelt.

'Ik wil hieruit.'

'Ik kan je helpen.' Het meisje lacht me vriendelijk toe. 'Kom,' zegt ze en ze wenkt me soepel met haar hand. 'Je hoeft niet bang te zijn.'

Mijn hart klopt zo hard in mijn keel dat slikken lastig gaat.

Natuurlijk hoef ik niet bang te zijn voor dit kind. Ik ben een paar koppen groter. Maar waarom overheerst dan dat akelige gevoel? Wie is dit meisje? En had ze niet allang in bed moeten liggen? Waarom vinden haar ouders het goed dat ze acteerklusjes aanneemt zo laat op de avond?

'Jij stond net niet buiten,' zeg ik. 'Bij de andere kinderen.'

Het meisje blijft me uitdrukkingsloos aankijken met haar donkere, lege kassen.

'En je draagt geen jas. Waarom draag je geen jas? Heb je het niet koud?'

'Ik heb het hartstikke koud. Maar niemand wil me een jas geven. Ik heb het al aan zo veel mensen gevraagd...'

Wil je mijn jas? Dat zou ik moeten zeggen tegen dit arme, bleke kind dat overduidelijk staat te rillen van de kou. Maar ik krijg het niet over mijn lippen.

'Weten je ouders wel dat je hier bent?'

Het meisje buigt haar hoofd. Haar lange zwarte haren bungelen voor haar gezicht.

'Ik heb geen papa en mama meer.'

Voor ik ze kan tegenhouden, voel ik de tranen in mijn ogen opwellen. Waar komt dit opeens vandaan? Nog even en ik begin te snikken.

Oké.

Ik geef me gewonnen.

Dit meisje is gewoon een geweldige actrice.

Waarschijnlijk is de zwerver over wie ik in de derde kamer struikelde gewoon haar vader. Kom ik met een beetje pech straks ook nog haar moeder tegen, verkleed als een of ander eng figuur en is dat de reden dat dit kleine meisje nu nog niet in bed ligt. Wat zullen ze vanavond een lol hebben tijdens de terugrit naar huis.

Hahahaha, hebben jullie dat meisje in die trouwjurk nog gezien? Snappen jullie nou dat zo iemand meedoet? Je kon haar echt alles wijsmaken!

Ruw wrijf ik mijn natte ogen droog en herpak mezelf.

'Ik moet verder. Kun je me alsjeblieft vertellen waar de volgende deur is?'

Met een ruk tilt het meisje haar hoofd op. 'Zeker kan ik dat! Ik wijs je de deur als je het raadseltje oplost.'

Vermoeid wrijf ik over mijn gezicht. Het laatste waar ik nu zin in heb is een of ander raadseltje waar ik over moet nadenken. 'Kun je me het niet gewoon vertellen?'

Meteen zet het meisje een boze blik op. 'Het raadseltje is juist het leukst!' En voor ik verder nog iets kan zeggen, begint ze het raadseltje op te zeggen.

'Hoe laat is het? Twaalf uren. Wie zeit dat? De meid. Waar is ze? In de keuken. Wat doet ze? Ze breit. Voor wie? Voor de kleine poppedeine. Voor de grote bombam. Goeien avond, speelman!'

Ik probeer een antwoord te filteren uit haar raadseltje, maar in mijn hoofd buitelen de zinnen over elkaar.

Wie zeit dat? De meid die breit? Dit klinkt als een rijmpje uit de vorige eeuw.

'Ik snap er helemaal niets van,' zeg ik.

'Je moet goed luisteren,' zegt het meisje en meteen begint ze het raadseltje weer op te zeggen.

'Nee, jij moet luisteren,' onderbreek ik haar. 'Ik heb geen tijd voor raadsels en spelletjes. Ik moet zo snel mogelijk door naar de volgende kamer. Kun je me alsjeblieft vertellen waar de volgende deur zit?'

Het meisje begint te giechelen. 'Bombam. Bombam.'

Geïrriteerd zucht ik. Wat nu weer. Wat bedoelt ze nou?

'Bombam. Bombam!' Het meisje spreekt de woorden nu nadrukkelijk uit. Ze heeft haar armen strak langs haar lichaam geslagen en wiegt op haar voeten van links naar rechts. 'Bombam! Bombam!'

En dan snap ik het.

'De klok!' roep ik uit. Natuurlijk!

Ik snel naar de staande koekoeksklok tegen de muur en rammel aan het deurtje. Maar hoe hard ik ook rammel, het ding geeft geen centimeter mee.

Ik hoor de stem van het meisje opeens vlak bij mijn oor, maar als ik me omdraai, staat ze nog steeds in het midden van de kamer.

'Weet je niet wat een bombam betekent?'

Ik kijk haar verward aan. 'Het is een klok. Toch?'

'Klopt!' zegt het meisje en ze neemt treiterend lang een pauze. 'Maar bombam heeft nóg een betekenis.'

Ik kijk haar afwachtend aan. 'Ja?'

Het meisje geeft een kort knikje richting haar bed. Had ik het mis en zit er ergens een deur verscholen onder haar bed?

Ik ben al op mijn knieën voor het hemelbed gedoken, als

ik het meisje weer hoor giechelen. 'Nee, niet onder het bed. Bóven het bed.'

Ik kijk op en zie een dik touw boven het matras hangen.

'Bombam!' Het meisjes giechelt. 'Hoe kun je nou niet weten wat een beddenkwast is! Daar!'

Ze wijst naar het touw dat bevestigd is aan het plafond en een halve meter boven haar bed bungelt. Het is een rood touw en aan de onderkant zit inderdaad iets wat je een kwast zou kunnen noemen.

Ik heb nog nooit in mijn leven zo'n ding gezien, maar ik geloof haar meteen. Ik krabbel op, reik naar de beddenkwast en trek eraan. Even lijkt er niets te gebeuren, maar als ik iets harder trek, geeft het ding mee en kan ik het een stuk naar beneden trekken. Tegelijkertijd hoor ik hoe er achter me een deur opengaat. Wanneer ik omkijk, zie ik dat er in de grote staande klok een klein deurtje is geopend.

De klok staat op zes uur.

In het midden van de kamer staat het meisje te glunderen dat ik het raadsel heb opgelost.

Ze staat daar zo vriendelijk, zo beleefd, dat ik me schuldig voel dat ik net zo geïrriteerd naar haar deed.

In een opwelling wenk ik haar. 'Kom,' zeg ik. 'Ik denk dat ik je ook goed kan gebruiken in de volgende kamer.'

'Echt?' Het meisje schenkt me de grootste glimlach die ik ooit heb gezien. Opgetogen klapt ze in haar handen. En voor even zou ik durven beweren dat het meisje loskomt van de grond.

Wanneer ik me door het deurtje van de klok heb gewurmd, stap ik direct op het zachte tapijt van de volgende kamer.

De zolen van mijn sneakers zinken weg in de hoogpolige vloerbedekking.

Zo voelt het ook wanneer ik de slaapkamer van mijn oma binnen stap. Als kind liep ik er het liefst op blote voeten, zo lekker vond ik het om de draadjes tussen mijn tenen te voelen.

Maar daarmee is ook elke vergelijking met de slaapkamer van mijn oma gemaakt.

Het dekbed is van het bed getrokken en ligt in een prop in de hoek van de kamer.

Het matras is aan flarden gesneden, en de witte vulling puilt eruit. De veren van de kapotgesneden kussens liggen overal. Schilderijen hangen scheef aan de muur en de nachtkastjes liggen op hun kant.

Maar dat is niet het ergste.

Het ergste is dat de muren, de vloer, het plafond, de ramen en het bed, álles onder het bloed zit. Op sommige plekken is het bloed bruin en oud en opgedroogd, maar vlak bij mijn voet ligt een plas zo vers dat het nog glimt.

Nerveus begin ik te lachen. Een stomme, onnatuurlijke reactie, maar dat is wat de zenuwen met me doen.

Het is niet echt, vertel ik mezelf.

En als ik het niet geloof, zeg ik het nog een keer hardop: 'Dit is niet echt.'

Het bloed is rode verf uit een blik. Ik durf te wedden dat wanneer ik er met mijn neus dichterbij zou komen, ik de verflucht zou ruiken.

'Waarom lach je?'

Ik schrik op van het meisje dat opeens naast me staat. Gehaast zet ik een stapje opzij. Het voelt niet prettig om haar zo dicht naast me te hebben. Ik wil niet in die zwart geschminkte ogen van haar moeten kijken.

'Volgens mij valt er weinig te lachen.' Hoor ik nu een snik in haar stem?

'Je hebt gelijk,' zeg ik en ik probeer het zo luchtig mogelijk te brengen. 'Er is weinig grappigs aan de slachtpartij die hier heeft plaatsgevonden.'

Ik hoor hoe het meisje zachtjes begint te huilen. Wanneer ik me omdraai, veegt ze net een traan van haar wang.

'Waarom huil je?'

Ze buigt haar hoofd, zodat ik alleen nog haar kruin zie. Haar stem klinkt zo dun, zo oneindig breekbaar dat ik medelijden met haar krijg.

'Ik zei toch dat mijn papa en mama niet meer leven.'

Het medelijden slaat om in een wrang, angstig gevoel. Ze klinkt zo overtuigend dat ik even vergeet dat dit niet echt is.

'Moet jij niet terug naar de vorige kamer?' Mijn hart begint hinderlijk hard te bonken in mijn keel. 'Je moet de volgende die komt het Bombam-raadseltje voorleggen.'

Het meisje staat verrassend snel voor mijn neus. 'Ik vind het fijn bij jou.'

'Ik vind het niet erg als je gaat.'

'Mag ik alsjeblieft nog even blijven?'

'Oké dan.' De trilling in mijn stem verraadt dat ik het allang niet meer onder controle heb. 'Maar dan moet je me helpen de volgende deur te vinden.'

'Je laat me toch niet alleen?'

Het meisje heeft dezelfde bibber in haar stem als ik. 'Iedereen laat me in de steek. Mijn papa en mama hebben me ook al helemaal alleen gelaten.'

'Hou op over je papa en mama!' Ik bijt op mijn wang om niet te gillen. 'Jij weet hier de weg, vertel me alsjeblieft waar de volgende deur zit, zodat ik hier weg kan.'

'Wil je weg?'

'Ja.'

'Maar je kunt niet weg.'

'Tuurlijk kan ik wel weg. Ik moet alleen de volgende deur vinden.'

'Maar het huis zit in jou.'

'Wat?'

'Je kunt wel weg, maar het huis gaat altijd met je mee.' Het meisje draait een rondje om haar as. 'Het huis heeft oneindig veel deuren.'

'Hou op, alsjeblieft.' Ik voel de onmacht in me opborrelen. Nog even en ik ga huilen of schreeuwen of allebei. 'Vertel me waar de volgende deur zit.'

'Er is geen deur,' zegt het meisje en ze wijst naar de zijkant van het bed. 'De enige manier om hieruit te komen, is via het luik.'

Met elke stap zinken mijn schoenen opnieuw weg in het dikke tapijt. Zo snel als ik kan, haast ik me naar de zijkant van het bed.

In de vloer zit een soort deksel. Het is een houten vierkant met een dikke, metalen ring waaraan je het kunt optillen. Eronder zit een sleutelgat.

Ik wil niet eens weten waarom deze mensen een luik in hun slaapkamer hadden. En meteen daarna denk ik: die mensen hadden dat ook helemaal niet. Dit is geen echte slaapkamer! Het is allemaal nep!

Ik kniel op de slaapkamervloer en merk hoe mijn jurk het natte bloed vanuit het tapijt opzuigt.

Met twee vingers haak ik onder de metalen ring. Ik had verwacht dat het luik krakend zou opengaan, maar het ding geeft niet mee.

'Het luik zat op slot.' Het meisje staat vlak achter me. 'Daarom konden mijn papa en mama ook niet op tijd vluchten.'

'Ik heb een sleutel!'

Haastig grijp ik naar mijn jaszak en haal de sleutel uit de kamer met de poppen tevoorschijn. Maar het meisje schudt haar hoofd.

'Die sleutel heb je niet nodig om het luik te openen. Je moet alleen heel hard kunnen springen. Kijk zo.'

Ze trekt haar knieën op en slaakt een gilletje. Voor een klein meisje kan ze uitzonderlijk hoog springen. Haar jurk wappert om haar heen als ze weer op de grond belandt. 'Begrijp je?'

Als antwoord probeer ik de sleutel in het sleutelgat te steken, maar de sleutel is veel te dik voor dit gat.

Teleurgesteld houd ik de sleutel naar haar op. 'Waar heb ik deze dan voor nodig?'

Het meisje haalt haar schouders op. 'Ik zou 'm bewaren als ik jou was.'

'En als ik spring op het luik gaat-ie open?'

Het meisje knikt. 'Het is een valluik.'

Ik rammel nog een keer met alle kracht die ik in me heb aan de metalen ring. Geen millimeter. Zou het echt zo makkelijk gaan als het meisje beweert?

'Ik wou dat mijn papa en mama dat hadden geweten,' zegt ze zachtjes.

Genoeg. Ik wil geen woord meer horen over haar papa en mama. Als ik moet springen op het luik om zo naar de volgende kamer te komen, dan zit er weinig anders op.

Ik sta op en neem plaats op het valluik. Omdat ik niets anders heb om me aan vast te houden, pak ik mijn jurk beet.

'Ga je het echt doen?' Het meisje klinkt opgetogen.

'Is er nog een andere manier om hieruit te komen?' vraag ik.

'Nee.'

'Dan ga ik het echt doen.'

Het meisje komt dicht bij me staan en tilt haar hoofd naar me op. Ze staat zo dichtbij dat ik geen keus heb en ik wel in haar zwarte oogkassen moet kijken. Hoe hebben ze die in vredesnaam zo hol en leeg weten te krijgen? Van dichtbij lijkt het echt net alsof ze haar ogen heeft uitgekrabd.

Dan trekt ze haar bovenlip op, alsof ze een valse hond is die op het punt staat me aan te vallen. Ze gromt.

Ze sist. Maar wat me de meeste angst aanjaagt, is dat haar stem verandert. Weg is die lieve, onschuldige meisjesstem. Met een bulderende stem schreeuwt ze het uit: 'SPRING, SAMIRA! SPRINGEN ZUL JE!'

Met een gil spring ik op. Wanneer mijn voeten weer het luik raken – niet eens noemenswaardig hard – klapt het valluik open en zak ik veel te snel door de vloer.

Snel, veel sneller dan ik dacht beland ik op de grond.

Ik probeer mijn val te breken, maar ik kom alsnog hard terecht. Met een smak beland ik op mijn knieën. Vlug krabbel ik overeind en veeg de zwarte aarde van mijn witte jurk.

Vanuit mijn ooghoeken zie ik plantjes met felgekleurde bloemen in keurige rijtjes. De bloemblaadjes zijn misplaatst geel, ongehoord roze en niet-op-zijn-plaats blauw.

Ik krijg het ijskoud als ik zie waar ik sta.

Het is een nagebouwde begraafplaats.

Voor me liggen drie graven: de twee buitenste hebben grafstenen zonder namen. De middelste is een open graf. Een ruime kist hangt met dikke touwen boven een groot, rechthoekig gat. De deksel van de kist staat uitnodigend open.

Het zwarte plafond van de kamer is zo hoog dat ik echt even het gevoel heb op een begraafplaats bij nacht te staan. Zelfs de speldenprikjes licht zijn ze niet vergeten, zodat het net lijkt alsof ik onder een sterrenhemel sta. Windlichtjes die zachtjes flakkeren geven de begraafplaats een griezelig sfeertje.

En dan zie ik de digitale klok die aan de muur hangt. Het

past zo niet in deze begraafplaatssetting, dat het absurd is.

Er staat nog een volle minuut en elf seconden op. Even raak ik in de war. Ben ik echt binnen de tijd gebleven? Sterker nog: ben ik nog maar minder dan een kwartier in dit huis? Het voelt alsof ik er al uren in ronddwaal.

De seconden op de klok tikken weg en ik weet dat ik niet langer meer kan treuzelen.

Het enige wat me nog rest, is dat ik de kist in stap.

Wanneer ik dichter bij de graven kom, zie ik tot mijn verbazing dat de fleurige bloemen echt zijn. De zoete, zware geur dringt mijn neus binnen. Wat een boel werk moet het zijn geweest om de begraafplaats te vullen met echte bloemen.

Op de klok is nu echt de laatste minuut ingegaan. Aarzelend wrijf ik over de zachte zijden bekleding van de kist.

Ze zijn knettergek dat ze zoiets hebben verzonnen.

Maar ik ben nog veel gestoorder, want ik ga het echt doen. Wanneer ik de kist instap, word ik plotseling overspoeld door een golf van vermoeidheid waardoor ik begin te huilen. Heel zachtjes, heel beheerst glijden er tranen uit mijn ogen en kietelen mijn wangen.

Ik denk dat het de angst is.

Of misschien is het de opluchting.

Want dit is de laatste deur.

Ik zal nog één keer buikpijn hebben als ik languit in de kist ga liggen. Nog één keer die kramp in mijn hart voelen als ik de laatste deur sluit.

Een koude tochtvlaag trekt door me heen als mijn achterhoofd de binnenkant van de kist raakt. Direct daarop doven de waxinelichtjes.

En net als ik naar voren wil buigen om de deksel te sluiten, valt de kist met een harde klap dicht.

Meteen is het zo donker dat ik geen hand voor ogen kan zien. Ik ben zo bang dat ik stop met ademhalen.

Ik voel of er een deurtje aan de zijkant van de kist zit, maar er zit niets. Paniek klemt mijn keel af.

Dat moet!

Er moet een deur zitten!

En dan is het net alsof ik mezelf van bovenaf zie. De stem van Karlijn weerkaatst in mijn hoofd.

...daar lag een geraamte in een bruidsjurk...

...de kaken van het skelet stonden wijd open...

...onder de randen van de deksel vond men oud bruin bloed...

Doodsangst overspoelt mijn lichaam, zo snel dat het voelt alsof ik verdrink.

Ben ik die bruid?

Ben ik die bruid die kan schreeuwen zonder dat iemand haar hoort?

Ben ik die bruid die jaren later als een skelet wordt teruggevonden?

Ik schreeuw, zo hard dat ik er zelf bang van word. En dan wordt het heel snel zwart voor mijn ogen.

14

Met een ruk schiet ik overeind.

Bloed suist zwaar in mijn oren.

Waar ben ik in vredesnaam?

Wat doe ik in deze doodskist!

Flarden van beelden dringen zich aan me op.

Een kamer vol poppen. Een enge zwerver. Een ouderwetse meisjeskamer. Een meisje met ogen die waren uitgekrabd.

Paniek ontploft in mijn buik. Ik weet niet hoe snel ik uit de kist moet krabbelen. Ik lijk wel gek geworden. Waarom ben ik hier in gaan liggen?

Het duizelt me als ik naast de kist sta.

Het laatste wat ik me kan herinneren is dat de kist met een klap dichtviel, maar nu is de deksel verdwenen.

Een koude windvlaag trekt langs me heen.

Ik moet hier weg. Nu.

En dan zie ik het.

De kamer is niet zoals ik hem me herinner.

De deur die wagenwijd openstaat, was er zojuist nog niet.

Honderd procent zeker.

Duizend, miljoen, triljoen procent zeker.

Maar doet het er nu toe? Zo snel mogelijk ren ik de deur door, naar buiten.

'Karlijn!' roep ik. 'Karlijn!'

Ik ben ervan overtuigd dat ze me om de hoek staat op te wachten. Nog nooit heb ik haar zo graag willen zien.

'Karlijn? Ik ben er! Echt, dit doe ik dus –'

Nooit meer, wilde ik zeggen.

Maar de woorden blijven hangen in mijn keel.

Karlijn staat buiten niet op me te wachten.

Er staat helemaal niemand op me te wachten.

Met pijn in mijn buik sla ik de hoek om.

Vaag merk ik de donkergrijze schemer op die veel te licht is voor de nacht. Ik hoor de oorverdovende stilte die niet klopt met het gepraat en gelach van eerder deze avond.

Angst knijpt mijn hart tot pulp als ik zie wat ik niet zie.

Het kampvuur is gedoofd.

Alle fietsen zijn weg.

Er is niemand meer.

In twee tellen heb ik het zo koud dat ik begin te klappertanden. Dit kan toch niet?

Zijn ze allemaal weggegaan zonder mij?

Karlijn zou dit nooit doen!

Een zacht gefladder boven me trekt mijn aandacht. Als ik opkijk, zie ik iets zwarts pijlsnel door de lucht scheren. Het laat een afschuwelijk gekrijs horen.

Vleermuizen.

Zachtjes begin ik te jammeren. Mijn oma waarschuwde me altijd voor deze beesten als we 's avonds buiten liepen. *Zet een muts op, Samira! Snel! Die beesten vreten je helemaal kaal als ze in je haren vliegen!*

Volgens mijn oma nestelen vleermuizen zich vast op je hoofdhuid met hun kleine klauwen. Hoe hard je ook schudt met je hoofd, wanneer ze eenmaal je haren beethebben, laten ze niet meer los.

Een vroeger vriendinnetje van mijn oma heeft haar haren moeten afknippen, omdat ze het beest er met geen mogelijkheid uit kregen. En het ergste is nog dat hun gekrijs andere vleermuizen lokt. Voor je het weet, zitten je haren vol gillende vleermuizen.

Ik trek mijn jas uit en hang 'm als een doek over mijn hoofd. De ijzige ochtendkou prikt op mijn blote armen.

Ik besluit het op een rennen te zetten.

Weg van de vleermuizen en weg uit het Woud. Als ik maar lang genoeg blijf rennen, kom ik vanzelf de rand van het Woud tegen.

En dus ren ik.

Ik negeer de spieren in mijn benen die na een paar minuten al beginnen te verzuren. Ik negeer mijn zware ademhaling, mijn paniekerige gejammer en de tranen die over mijn wangen lopen van de angst. Ik mag van mezelf niet al aan die dingen denken – DE KINDERWAGEN MET DE BABYPOP! IK VAL EN BREEK MIJN BEEN EN IK BLOED DOOD HIER IN HET WOUD! ALS IK NU IEMAND TEGENKOM, WORD IK GEK – die me bang maken. Ik moet al mijn energie gebruiken om zo snel mogelijk uit het Woud van Westerdam te komen.

'Saaaaamiiiiiiiia...'

'Karlijn?' Ik draai me onverwacht snel om. Hijgend scan ik waar het geluid vandaan kwam. Ik probeer te zien of ik Karlijn ergens kan ontdekken.

Ik zie oneindig veel bomen, zoveel dat ik het landhuis al niet meer zie. Als Karlijn me aan het zoeken is, zouden we makkelijk rondjes om elkaar heen kunnen draaien.

'Karlijn!'

De echo van mijn stem weerkaatst tussen de bomen. *Lijn, lijn, lijn.*

En dan dringt een afschuwelijke gedachte zich aan me op. Was het Karlijn wel? Heb ik het wel goed gehoord? Gaan mijn gedachten niet gewoon met me aan de haal?

Een snik ontsnapt uit mijn keel. En dan spreek ik mezelf streng toe.

Huilen kan straks.

Niet nu.

Nu moet je zo snel mogelijk uit het Woud komen.

Ik begin weer zo hard te rennen als ik kan. Ik tel de stappen die ik zet en elke keer als ik bij tien ben, begin ik opnieuw.

Alle angstige gedachten die zich aan me opdringen, duw ik weg door in mezelf telkens 'Nee!' te roepen. Ik verleg mijn aandacht naar mijn voeten en spoor mezelf telkens aan om nog iets harder te lopen.

Het werkt.

Ik voel nog steeds de angst aan mijn lichaam trekken en ik voel nog steeds mijn brandende spieren, maar het werkt.

Wanneer de bomen steeds minder dicht op elkaar staan en ik in de verte al de open vlakte kan zien, kan ik niet alleen huilen, ik doe het ook. Warme tranen van opluchting stromen over mijn wangen.

Ik voel me een overwinnaar als ik uitgeput langs het treinspoor loop, de bewoonde wereld in.

De grote klok bij het treinstation geeft aan dat het zes uur in de ochtend is.

15

Buiten adem sla ik de hoek om naar onze straat. De steek in mijn zij doet zo'n pijn dat die bonkt op elke hartslag.

Pas nu ik mijn huis kan zien, durf ik me weer veilig te voelen.

Ik denk aan mijn eigen vertrouwde kamer.

Mijn eigen warme bed.

Ik ben zo in gedachten verzonken, dat ik te laat de politieauto die voor ons huis staat opmerk.

Met een ruk sta ik stil.

Ik had gehoopt dat ik het huis in kon glippen zonder mijn oma wakker te maken. Het laatste wat ik wil, is dat mijn lieve oma zich zorgen om me heeft gemaakt.

Mijn handen voelen klam als ik de achterdeur open. Met tegenzin loop ik door het halletje naar de keuken. Wanneer ik de deur naar de keuken open, kijken oma en Karlijn verschrikt op. Mert zegt mijn naam alsof hij een spook ziet. Wat doen zij hier?

Tegelijkertijd registreer ik dat er aan de keukentafel twee politieagenten zitten. Een jonge vrouw en een man die de oudere versie van Mert lijkt.

'Waar was je!' gilt Karlijn boos naar me. Een seconde later valt ze me huilend om mijn hals. 'Waar was je nou?'

Wacht. Is zij nu boos op mij?

Iets te hard duw ik haar van me af. 'Waar was ik? Waar was jíj!'

Ik zet een stap achteruit en kijk woedend naar haar en Mert. 'Waar waren jullie allebei? Waarom zijn jullie zonder mij weggegaan?'

Karlijn kijkt me aan alsof ik een andere taal spreek.

Er stromen tranen over haar wangen. 'We hebben je overal gezocht!'

Ruw veegt ze haar tranen weg. 'We konden je nergens vinden! We zijn naar je huis gegaan omdat we dachten dat je daar misschien was.' Ze snikt en opeens is haar stem een stuk zachter. 'Je oma heeft meteen de politie gebeld.'

De vrouwelijke politieagent neemt het woord. 'Wat fijn dat je weer terecht bent, Samira. Je oma en je vrienden waren ontzettend ongerust.' Ze trekt een stoel naar achteren waarop ik plaats kan nemen.

'Mijn naam is Anne Voorstraten en dit is mijn collega Tarik. We willen graag weten waar je vannacht bent geweest.'

'Ja.' Karlijn knikt fel met haar hoofd. 'Dat zou ik ook heel graag willen weten.'

Wanneer ik ga zitten, voel ik hoe moe ik ben. Met mijn laatste restje energie trek ik mijn vieze, natte schoenen uit.

Ik voel me totaal niet meer op mijn gemak in mijn trouwjurk met nepbloedvlekken. Ik zie hoe mijn oma naar me kijkt en de witte jurk herkent, maar ze zegt er niets van.

'Waar ik ben geweest?' Ik herhaal de vraag om tijd te winnen.

Wat weten ze al? Weten ze al dat we vannacht in het Woud van Westerdam waren? Weten ze al dat we in het oude landhuis zijn geweest?

Ik kijk Karlijn aan. 'Ik weet het niet zo goed,' zeg ik.

'Kom op, Sam!' zegt Karlijn. 'Mert en ik zijn dat stomme huis vijf keer doorgelopen op zoek naar jou. Je was nergens te vinden! Waar. Zat. Je?'

Mijn oma legt haar warme, zachte, gerimpelde hand op die van mij. Ze zit er wat verward bij in haar zachtroze nachtjapon. Haar grijze krullen hangen in dunne pieken over haar schouders. 'Ik dacht dat ik je nu echt kwijt was, meisje.'

Wanneer ik haar nu zeg dat ik in een doodskist ben gestapt en daar in slaap moet zijn gevallen, breek ik haar hart. Alsjeblieft, laat me niet die kleindochter zijn die zulke rare dingen uitspookt dat haar oma ervan wakker ligt. Alsjeblieft, laat me haar niet moeten teleurstellen.

'Het belangrijkste is dat je weer veilig terug bent,' herhaalt de politieagente haar woorden van net. 'Maar misschien is het voor je oma en je vrienden ook fijn om te weten dat je al die tijd veilig was.' Ze dempt haar stem. 'Je was toch veilig, Samira?'

'Was je soms bij iemand?' Mijn oma geeft me een bemoedigend kneepje in mijn hand. 'Het geeft niet als dat zo is, schat. Ik werd ook verliefd op je opa toen ik zo oud was als jij.'

Dat is het.

Dat is mijn uitweg.

Ik weet niet hoe snel ik met mijn hoofd moet knikken. Alles beter dan dat ik moet toegeven dat ik in een doodskist ben gestapt. 'Sorry, oma. Ik had het gewoon eerlijk moeten zeggen.'

'Wat?' Karlijn kijkt me aan alsof ze elk moment kan ontploffen. Snel geef ik haar een seintje: niet nu.

Vanuit mijn ooghoeken zie ik de politieagenten een blik wisselen met elkaar. 'Is dat de reden dat je vannacht niet bent thuisgekomen, Samira?' vraagt de vrouwelijke politieagente dan. 'Omdat je de nacht hebt doorgebracht met iemand?'

Nu klinkt het opeens alsof ik er een wild dubbelleven op na houd. 'Ik wil het er liever verder niet over hebben,' zeg ik zachtjes.

De mannelijke politieagent schraapt zijn keel. 'Was die "iemand" ook toevallig in het oude landhuis? Had-ie zich daar verstopt?' Tarik kijkt me aan. Het is duidelijk dat hij niets van mijn verhaal gelooft. 'Je weet dat jullie 's nachts niets te zoeken hebben in het Woud, hè? Het is hartstikke afgelegen. Er is niemand die je kan horen als je daar wat overkomt.'

'Het spijt me. Echt,' zeg ik en ik meen het uit de grond van mijn hart. 'Ik beloof dat ik nooit meer naar het Woud ga. Erewoord.'

De politieagenten wisselen een korte blik met elkaar. Ze hebben heel goed door dat ik niet alles heb verteld, maar veel meer kunnen ze niet doen.

Ik ben veilig terug: de vermissing is opgelost.

'De volgende keer blijft het niet bij een waarschuwing,' gromt Tarik. Boos kijkt hij naar Mert. 'En dat geldt ook zeker voor jou. Kom, we brengen jullie naar huis.'

Karlijns omhelzing is veel korter dan ik van haar gewend ben. Ze is duidelijk gekwetst dat ze nog steeds niet weet waar ik ben geweest. Met een grimas overhandigt ze me mijn inmiddels lege telefoon. 'App je me straks nog? Ik ben ontzettend benieuwd naar je nieuwe liefde.'

16

Wanneer ik 's middags uit bed stap, ben ik doodop. Ik heb nauwelijks geslapen. Zodra ik mijn ogen dichtdeed, doolde ik weer rond in Het huis zonder einde: ik vloog door het plafond naar de zolder en maakte *blood angels* op de slaapkamervloer. En al die tijd week het meisje niet van mijn zijde.

Mijn oma vindt het maar niks dat ik weer wegga. 'Blijf toch alsjeblieft thuis,' zei ze net, en ze trok zelfs zachtjes aan mijn arm in de hoop dat ik bij haar ging zitten.

Maar thuis heb ik het gevoel dat ik stik.

Het blijft maar knagen in mijn gedachten. Wat is er in de doodskist gebeurd? Ben ik in slaap gevallen? Ben ik out gegaan? Zat er toch iets in die pil die ik geslikt heb?

Bij Karlijn thuis kan ik in elk geval al wat opgeluchter ademhalen.

Haar ouders zijn elke zondag weg naar familie, waardoor Karlijn het rijk voor zich alleen heeft. De meeste zondagen netflixen we en maken we brownies waarvan we minstens de helft van het beslag al opeten voor ze de oven in gaan. Maar vandaag niet.

Vandaag roert Karlijn al veel te lang zwijgend door de

beslagkom. Mert zit met zijn AirPods in naar een livestream van een stel gamers te kijken.

Ik heb ook nog weinig gezegd.

In plaats daarvan kijk ik een beetje doelloos naar alle snaps en Insta-stories die ik gemist heb. Ik weet dat ik gisteravond geen enkele bekende heb gezien, maar ergens had ik gehoopt dat iemand iets over Het huis zonder einde had gepost.

'En?' vraagt Karlijn dan opeens. 'Ga je vandaag wél vertellen wie je nieuwe vriendje is?' Met de spatel wijst ze in mijn richting. Browniebeslag drupt op het aanrecht. 'Kennen we hem? Of hebben we je denkbeeldige vriendje nog nooit gezien?'

Ze probeert het nepboos te zeggen, maar ik hoor de ondertoon in haar stem.

'Er is niemand,' zeg ik. 'Natuurlijk is er niemand. Maar wat had ik mijn arme oma dan moeten vertellen?'

'Wat dacht je van de waarheid?'

Ik kijk weg.

'Wat?' Karlijn gaat expres iets harder praten. 'Zo moeilijk is dat toch niet?'

'Je bedoelt dat ik gisteravond in een doodskist ben gestapt en pas uren later weer wakker werd?' Ik klink onverwachts fel. Blijkbaar zit het me meer dwars dan ik wil toegeven.

'Je bent wát?'

'Je bent ín de doodskist gestapt?' Naast me doet Mert zijn AirPods uit. Op het schermpje van zijn telefoon gamen mensen onverstoorbaar verder. 'Die kist in de laatste kamer, bedoel je? Waarom?'

Nerveus ga ik verzitten. Uit zijn vraag blijkt wel dat hij in elk geval niet in de kist is gestapt.

'Ik dacht dat dat de laatste deur was. Dat ik in de kist moest liggen en dat er dan aan de zijkant een deur zou zitten waar ik door naar buiten kon.'

Ik hoor hoe warrig ik klink. Maar toch is het de waarheid. Zo is het gisteravond gegaan.

Mert kijkt me aan alsof ik hem voor de gek houd. 'Hoe bedoel je? Waarom ging je niet gewoon door de deur naar buiten?'

'Omdat die er niet was.'

'Hoe kun je die nu hebben gemist?' Mert begint te lachen. 'Dat ding stond wagenwijd open. Je kon meteen naar buiten lopen!'

'Niet toen ik de eerste keer in de kamer kwam,' houd ik vol. 'Pas toen ik wakker werd in de doodskist, zat er een deur in de muur.'

Vlug wisselen Mert en Karlijn een blik met elkaar.

'Ben je echt in slaap gevallen?' vraagt Karlijn. Haar toon is voorzichtig.

'Het moet wel,' zeg ik. 'Het is de enige logische verklaring.'

'En daarna werd je wakker in de kist?'

Ik knik. Ik weet niet waarom, maar ik heb opeens zin om te huilen. Om heel hard en heel lang te huilen.

'Oké.' Strijdvaardig klapt Karlijn in haar handen. 'We beginnen even helemaal opnieuw. Welke kamers waren er allemaal in het huis?'

'Ja daag,' mompel ik. 'Dan had je zelf maar moeten gaan.'

'Ik weet dat ik de pussy van de eeuw ben, oké? Hoe vaak moet ik dat aanhoren? Honderd keer?'

Ik grijns. 'Bedoel je vandaag?'

Karlijn pakt een lepel uit de bestekla en geeft die aan mij. Als vredesgebaar schuift ze de bak browniebeslag mijn kant op.

Bij de eerste hap voel ik mijn woede al zakken. Ik kan net zo goed eerlijk zijn. Wat heeft het voor zin om hierover te liegen?

'Dat halletje met die piano weet je nog,' begin ik. 'We moesten dat lijstje met al die angsten aankruisen.'

Karlijn knikt. '*Bekids willen weten: wat is je grootste angst.*' Ze lacht. 'Bekids. Dat klinkt een beetje kinderachtig, toch? Ik heb er vanochtend al naar gegoogeld, maar kon er niets over vinden.'

Ik frons mijn wenkbrauwen. Ik heb helemaal niet meer aan die naam gedacht.

'Anyway, ik had alles aangekruist,' gaat Karlijn verder. 'Wat had jij ingevuld?'

Ik denk na. 'Bloed. Geesten. En kleine ruimtes, volgens mij.'

'Ik heb helemaal geen formulier ingevuld,' zegt Mert. 'Ik vond het echt dikke onzin.'

'En daarna kwam die donkere kamer,' ga ik verder.

Karlijn knikt. 'Met al die deurklinken.' Ze perst haar lippen op elkaar. 'Het spijt me.'

'Voor wat?'

'Dat ik je wilde laten schrikken.'

Ik haal mijn schouders op. Nu ik bij daglicht in de warme keuken van Karlijn zit, vind ik het opeens niet meer zo erg.

'En daarna kwam die kamer met al die enge poppen.'

'En Eddie,' vult Mert aan.

Ik denk even na. Bedoelt hij die enge clown van Walibi's Fright Night?

'Ik heb geen Eddie de Clown gezien,' zeg ik.

Mert lacht. 'Ik bedoel ook niet Eddie de Clown. Ik bedoel, Eddie. Edward.'

Verward kijk ik hem aan.

'Die dakloze.' Mert begint hardop te lachen. 'Ga nu niet beweren dat je hem niet gezien hebt. Je kon letterlijk niet om hem heen om bij de volgende deur te komen.'

Een angstig gevoel glipt mijn borst binnen. Die dakloze?

Mert kijkt me verbaasd aan. 'Je kent Eddie toch wel?' Hij kijkt van mij naar Karlijn. 'Edward Ravenbeck. Zijn ouders hebben dat enorme landgoed vlak buiten Westerdam. Hij wordt al jaren door zijn hele familie uitgekotst. Af en toe staat hij als een wolf te joelen voor het huis van zijn ouders, maar voor de rest leeft hij in dat huis in het Woud.' Mert schudt treurig zijn hoofd. 'Heel triest. Niemand weet precies wat er is misgegaan met die jongen.'

Ik kijk naar Karlijn, maar die kijkt net zo verward als ik me voel.

'Ik weet het echt niet,' zegt Karlijn. 'Ik ben niet in die kamer geweest.'

'Je hoeft Eddie niet gezien te hebben om te weten dat hij bestaat,' zegt Mert. 'Iedereen in Westerdam kent Eddie.'

'Blijkbaar dus niet iedereen,' zegt Karlijn. 'Ik heb geen idee wie die vent is.'

'Ik ook niet,' zeg ik. 'Ik dacht dat hij een acteur was. Dat hij bij Het huis zonder einde hoorde.'

Mert lacht ongemakkelijk, alsof hij niet zeker weet of ik hem nu iets probeer wijs te maken.

'Wat?' verdedig ik mezelf. 'Zo gek is dat toch niet? Die Eddie of Edward of hoe hij ook mag heten, had heel goed een acteur kunnen zijn. Net als dat meisje dat in de spiegel verscheen.'

'Wat?'

Ik zie het aan de manier waarop hij zijn ogen iets toeknijpt. Aan de frons die tussen zijn wenkbrauwen verschijnt. Ik huiver alsof ik opeens tot op het bot ben verkleumd. Mert kijkt me aan alsof ik gek ben geworden.

'Welk meisje?'

17

‘Mert. Kappen. Alsjeblieft.’

‘Waarmee? Jij hebt het opeens over een meisje. Ik heb in dat hele huis geen meisje gezien.’

‘O nee?’ Mijn ademhaling zit opeens veel te hoog in mijn borst. ‘Ik bedoel dat meisje dat in de spiegel verscheen op zolder. Ze ging mee naar haar eigen kamer en daarna naar de kamer van haar ouders. En toen begon ze te huilen. *“Ik zei toch dat mijn papa en mama niet meer leven.”* Dát meisje.’

Ik ben steeds harder gaan praten, omdat ik het wel kan uitgillen als hij weer gaat beweren dat er geen meisje was.

Karlijn slaat een hand voor haar mond.

Mert kijkt me verward aan. ‘Zit je me nu voor de gek te houden?’

‘Hou op, Mert! Jij zit mij voor de gek te houden!’

‘Er. Was. Geen. Meisje!’

We kijken beiden naar Karlijn alsof zij de scheidsrechter is die moet beoordelen wie van ons tweeën gelijk heeft.

Ze houdt haar handen op alsof ze onder schot staat. ‘Ho! Kijk niet naar mij. Ik was er niet bij.’

‘Denk je dat ik dit verzin of zo?’ zeg ik.

Mert laat een lach ontsnappen. 'Ik hoop voor je dat je dit verzint. Want anders...' Hij draait met zijn wijsvinger een rondje bij zijn slaap. 'Dan kun je je zo laten opnemen in De Waard.'

In mijn hoofd is het een chaos. In gedachten ga ik een paar stappen terug, voordat ik in het huis de zolder opklom.

'Er was een kamer met wc-hokken.' Streng steek ik mijn vinger uit naar Mert. 'Waag het niet om te beweren dat er geen wc-hokken waren.'

'Er waren wc-hokken,' zegt hij.

'Precies. Er waren drie deuren en achter elke deur was iets te vinden. Een injectiespuit, een pil en een schaal vol snoep. Je moest een van hen kiezen om de volgende deur te kunnen openen.'

Opeens voel ik me zo doodmoe dat ik wel een dag zou kunnen slapen.

Karlijn legt de spatel neer. 'En toen?'

Mert lacht. 'En toen zette Sammy die spuit in haar arm, nou goed? Wat denk je zelf? Ze nam dat snoepje natuurlijk.'

Het volgende kan ik alleen maar zeggen met mijn ogen dicht. Ik wil die blik op hun gezicht niet zien, hun ongeloof, hun verbijstering.

'Ik nam die pil.'

IJzige stilte.

Ik voel hun ogen prikken, ook al heb ik de mijne dicht.

'Je nam die pil?' fluistert Mert.

Karlijn gilt. 'Een pil? Je nam die pil? Waarom in vredesnaam? Je weet niet eens wat erin zat! Waarom nam je niet gewoon dat fokking snoepje!'

'Omdat... omdat!'

Voorzichtig open ik mijn ogen, maar ik schaam me zo als ik hun ongeloof zie, dat ik mijn handen voor mijn gezicht sla.

Ik begin te huilen zoals ik in jaren niet heb gedaan.

En dan vertel ik ze alles.

Over hoe mijn vader me tien jaar geleden heeft proberen te vergiftigen met dezelfde toffees. Dat mijn vader jaren in de gevangenis heeft gezeten en dat hij sinds een aantal maanden in De Waard zit. Dat ik daarom bij mijn oma woon. Dat ik me rot schaam, kapot schaam, maar dat ik al die jaren dat ik bevriend ben met Karlijn niet de moed heb kunnen vinden om haar dit te vertellen.

Karlijn kijkt me met grote ogen aan als ik ben uitgepraat. 'Jouw vader...'

'...is de Candyman,' zeg ik zachtjes.

Er valt een last van mijn schouders waarvan ik niet wist dat die al die jaren zo zwaar was geweest. Ik had het geheim altijd meegezeuld als een lichtgewicht rugzakje, iets waarvan ik mezelf wijsmaakte dat ik er prima mee uit de voeten kon. Maar het rugzakje bleek een loodzware koffer en nu ik het niet langer hoef te dragen, ga ik er niet langer onder gebukt.

Mijn beste vrienden kennen nu mijn grootste geheim en ze slaan niet meteen op de vlucht. Ze kennen mijn grootste angst en ik word niet uitgelachen. Alles waar ik ooit bang voor was, blijkt niet te kloppen.

De omhelzing van Karlijn mag van mij nog veel langer duren, als Mert opeens zijn keel schraapt.

'Ik denk dat we maar één ding kunnen doen.'

Ik knik.

Ik weet al wat hij wil gaan zeggen.

'We moeten terug naar het Woud.'

We zijn alle drie in gedachten verzonken als we Karlijns huis verlaten en door de straten van Westerdam fietsen. Het snelle tempo maakt me gek genoeg juist rustig. Nog even en ik zal Karlijn en Mert precies kunnen vertellen waar ik het meisje heb gezien. Nog even en ze zullen zien dat ik niets van het huis verzonnen heb, dus ook dat meisje niet. Misschien zat er troep in die pil, daar begin ik steeds meer rekening mee te houden. Maar niet zulke troep dat ik tot in detail mijn ontmoeting met dat meisje heb verzonnen. Onmogelijk.

Wanneer we de Stationsstraat inslaan, is het Karlijn die als eerste begint te roepen.

'Sammy! Mert! Kijk!'

Driftig wijst ze in de richting van het Woud.

Eerst denk ik dat het wolken zijn die boven het Woud hangen: dikke, zwarte wolken die in een spiraal omhoogcirkelen.

Maar een seconde later leg ik de link met de scherpe, branderige geur die mijn neus binnendringt.

Verschrikt kijken we elkaar aan.

Heel even is daar die twijfel, maar de nieuwsgierigheid wint het van de angst. Vlug fietsen we het smalle pad langs het spoor af, richting het Woud. Ik voel hoe mijn lichaam protesteert: mijn hart begint als een bezetene te bonken en mijn benen voelen onwennig. Een paar uur geleden wist ik niet hoe snel ik het Woud moest verlaten, en nu ben ik er alweer.

Wanneer het huis in zicht is, zien we het meteen: het hele dak is afgebrand. Zwarte rookslierten stijgen op vanaf de tweede verdieping.

Ik weet niet waar ik verbaasder over ben: over het huis dat nog smeult of over alle hulpdiensten die om het huis staan. Er staat een brandweerauto, een politieauto en een ambulance. Hoe zijn die in het Woud gekomen?

De politieagent die een handjevol nieuwsgierige mensen op afstand houdt, herken ik meteen.

En hij ons ook.

'Zo,' zegt Tarik als hij naar ons toe loopt. Hij geeft Mert en Karlijn een kort knikje en richt dan zijn blik op mij. 'Ik dacht dat jij een paar uur geleden nog had beloofd nooit meer naar het Woud te gaan?'

Mijn mond wordt droog. 'Ik –'

Afwachtend kijkt hij me aan. Wat moet ik nu zo snel verzinnen?

'We zagen de brand al van een kilometer ver,' redt Karlijn me. Ze knikt naar de paar mensen verderop. 'Heel Westerdam is uitgelopen.'

Tarik reageert niet op Karlijn, maar zijn blik blijft op mij hangen. 'Kun jij verklaren dat er niets aan de hand was, toen jij vanochtend wegging?'

Wacht. Wat wil hij daarmee zeggen? Word ik nu opeens verdacht van brandstichting?

'Wat?... Die brand?... Ik heb hier niets mee te maken!' Ik struikel over mijn woorden.

'Dat weten we,' zegt Tarik rustig. 'Jouw verklaring kan ons alleen helpen om een duidelijke tijdlijn uit te zetten.'

'Wat denken jullie dat er is gebeurd dan?' vraagt Mert.

'In verband met het onderzoek kan ik daar niet veel over zeggen.' Tarik slaat zijn armen over elkaar, maar zijn gezicht wordt zacht, net zoals zijn stem. 'Niemand heeft 's nachts iets te zoeken in het Woud. Dat druk ik iedereen op het hart: ga weg, hier vind je niets dan rottigheid. Maar sommige mensen hebben nu eenmaal geen andere slaapplek.'

Tarik kan een zucht niet onderdrukken, een vermoeide, verdrietige zucht. 'We weten dat dit een toevluchtsoord is voor een aantal Westerdammers dat nergens anders terechtkan. En zolang ze geen rotzooi trappen, laten we het oogluikend toe. We kennen deze mensen bij naam, we weten wie het zijn en daarom –'

Op dat moment komen er twee ambulancebroeders uit het huis. In films zie je altijd dat ze een brancard dragen, maar zij lopen zwijgend en met lege handen naar de ambulance.

'...daarom vinden we het ook zo erg dat de brand een van hen fataal is geworden,' maakt Tarik zijn zin af.

'Fataal?' Bloed suist in mijn oren.

Zonder sirene aan rijdt de ambulance weer weg. Waar is de brancard? Waar is het slachtoffer? En dan snap ik het: ambulances vervoeren geen dode mensen.

'Het is Edward, hè?' Mert knikt heftig met zijn hoofd. 'Ik weet het zeker, het is Edward.' Hij stoot me aan. 'Sammy en ik hebben hem gisteren allebei gezien in het huis. Is het Edward?'

Tarik knikt haast ongemerkt zijn hoofd. 'Waarschijnlijk is het een brandende sigaret geweest. Bij een oud huis als dit is het hout zo droog, dat een klein vonkje al genoeg kan zijn.'

Een herinnering aan gisteravond dringt zich aan me op. Edward in een oud trainingspak, een fles drank in zijn hand. Had het in die kamer naar sigaretten geroken? Ik weet het niet meer.

'Hij noemde me Monica,' zeg ik.

Tarik knikt, alsof nu alles op zijn plek valt. 'Monica Nooijen. Van haar ouders is de oude toegangsweg zodat we snel ter plaatse konden zijn. Vroeger was de weg voor iedereen toegankelijk, maar ze hebben hem moeten sluiten omdat er te veel ongelukken gebeurden.' Uit zijn portofoon klinken stemmen. 'Ik waarschuw mensen niet voor niets om weg te blijven uit het Woud.'

'We gaan al.' Karlijn draait haar fiets om en ik weet niet hoe snel ik haar voorbeeld moet volgen. Voor gisteravond had ik nog nooit van Edward gehoord. En nu heb ik hem binnen vierentwintig uur gezien, hem een blauw oog bezorgd door mijn stopwatch naar hem te gooien én gehoord dat hij dood is.

Ik stap op mijn fiets.

Misschien is het de absurdheid. Misschien is het de vermoeidheid. Ik weet alleen dat ik opeens zo verdrietig ben, dat ik alleen nog maar naar huis wil en slapen.

18

De week trekt als een waas aan me voorbij.

Ik ben soms hele stukken kwijt: dan wordt me wat gevraagd in de klas en weet ik niet eens meer dat ik bij Nederlands zit. Karlijn doet haar uiterste best om me op te vrolijken, af te leiden, maar het is lastig om mijn hoofd erbij te houden.

Het meest van mijn tijd breng ik door in gedachten, in Het huis zonder einde.

Zat er echt wat in de pil? Heb ik het meisje verzonnen? Heb ik misschien gehallucineerd?

Na schooltijd ben ik het liefst buiten en alleen. Ik fiets uren rond, ook al is het ijzig koud. Het is nu al twee keer voorgekomen dat ik opeens aan de rand van het Woud sta en ik me niet kan herinneren hoe ik er ben gekomen.

Ik ben niet graag thuis.

Voorheen vond ik het altijd prettig dat mijn oma me mijn eigen gang liet gaan en 's avonds voor de tv in slaap viel, maar nu word ik er onrustig van. Ik hoor geluiden in huis – gekras, geschraap, getik – die ik nooit eerder hoorde. Ik droom dat het meisje aan mijn bed staat en onverstaanbare dingen in mijn oor fluistert. Soms denk ik dat mijn oma 's nachts mijn naam roept, maar als ik dan 'Ja?' roep, blijft het stil. Uit mijn bed stappen om bij oma te kijken, durf ik niet. Want als ik eerlijk ben, weet ik dat het oma niet is. De stem zit alleen maar in mijn hoofd. De laatste paar nachten slaap ik met een lampje aan.

Ik ben dan ook vooral opgelucht als Karlijn aanbiedt het hele weekend bij me te komen slapen. Die vrijdagavond dippen we kipcorns in zelfgemaakte sausjes van mayo met chili als we op mijn slaapkamer zitten, maar de gezelligheid wil maar niet komen.

Ik moet het vragen.

De vraag brandt al de hele week op mijn lippen.

'Karlijn... denk je dat ik gek ben?' *Net als mijn vader.*

Karlijn kijkt niet op van haar telefoon. Ze gaat onverstoorbaar door met het maken van een TikTok. Ze wiebelt met haar kipcorn en steekt haar tong uit naar het scherm. 'Je wéét dat je gek bent. Knettergestoord.'

'Ik meen het.'

Ze heeft nog steeds haar ogen op het schermpje gericht. Een spottende lach. 'Ik óók.'

'Karlijn.'

Ze haalt haar ogen van het scherm. 'Wat? O, shit. Je maakte geen grapje.'

'Denk jij dat ik in Het huis zonder einde een meisje heb gezien?'

Karlijn zwijgt. Aan haar gezicht kan ik zien dat ze dit uitvoerig met Mert heeft besproken. In plaats van antwoord te geven, propt ze het laatste stukje kipcorn in haar mond.

'Er is nog iets wat ik niet heb verteld,' zeg ik.

Karlijn fronst haar wenkbrauwen.

Ga ik het zeggen? Ik moet het zeggen.

Wanneer ik het uitspreek, neemt het daarna hopelijk niet meer zo veel ruimte in mijn hoofd.

Ik knijp kort mijn ogen dicht. 'Ik heb vlak voordat ik het meisje zag Bloody Mary opgeroepen.'

Ik had verwacht dat ze zou zeggen 'Wat!' of 'Waarom!' of 'Ben je helemaal gek geworden!'.

Maar Karlijn knikt bedachtzaam, alsof bij haar nu ook de puzzelstukjes op hun plek vallen. 'En nu denk jij dat het meisje Bloody Mary was.'

Ik ril, alsof er plotseling een koude windvlaag langs mijn nek trekt. 'Dat is het enige logische wat ik nu nog kan bedenken.'

'Bloody Mary, zei je.' Karlijn gaat verzitten. Ze zwaait met haar telefoon. 'Er is niets wat niet op Google staat.'

'Behalve wie de Bekids zijn,' zeg ik.

Karlijn ontgrendelt haar telefoon. 'Reken maar dat ik daar nog wel achter kom. Ah! Hier heb ik het. Luister. "Over Bloody Mary gaan verschillende verhalen de ronde. Volgens het ene verhaal was Bloody Mary een heks die op de brandstapel gegooid zou zijn, omdat ze zwarte magie uitoefende op spiegels. Ze wordt daarom ook wel de spiegelheks genoemd.

In een andere versie was Bloody Mary een oude vrouw met twee kindjes. Toen ze voor haar eigen ogen haar kinderen vermoord zag worden, besloot ze een eind aan haar eigen leven te maken."'

Karlijn kijkt me aan. 'Een heks of een oude vrouw.'

Het nare gevoel in mijn buik neemt af. Beide verhalen hebben niets met te maken met het jonge meisje dat ik in Het huis zonder einde zag.

'Wacht.' Karlijn scrolt met haar duim verder over het scherm.

Ze stopt even en scrolt weer terug.

Nerveus schraapt ze haar keel. '"Volgens andere verhalen was Bloody Mary een jong meisje. Een mooi meisje, maar na een auto-ongeluk was haar gezicht ernstig verminkt."'

Mijn hart begint luid te bonzen.

'"Van haar ouders mocht ze niet meer in de spiegel kijken,"' gaat Karlijn verder. '"Op een dag deed het meisje het toch. Ze schrok zo erg van hoe ze eruitzag, dat ze haar eigen ogen uitkrabde. Ze maakte een eind aan haar leven en liet weten wraak te nemen op iedereen die haar niet met rust liet."'

'Dat is haar,' zeg ik. Mijn mond voelt droog. 'Het meisje dat ik zag, had ook zwarte gaten waar haar ogen hoorde te zitten.'

Karlijn scrolt verder op haar telefoon. '"Waarschuwing,"' leest ze voor. '"Het lijkt misschien onzin of grappig om Bloody Mary op te roepen, maar spot er niet mee. Er zijn mensen die beweren haar te hebben gezien en er nog steeds last van hebben. Sommigen krijgen paniekaanvallen zodra ze een spiegel zien. Of ze Bloody Mary echt hebben gezien of niet: je onderbewustzijn kan nare spelletjes met je spelen..."'

Een naar, koud gevoel strijkt langs mijn nek, en nu echt. In gedachten hoor ik meteen weer de stem van mijn oma. *Loopt er een geest door je heen, liefje?*

Ik word duizelig. Dit stukje gaat over mij. Of ik haar nu echt gezien heb of niet: mijn onderbewustzijn is er in elk geval wel van overtuigd.

Karlijn en ik kijken elkaar aan. Beiden weten we niet zo goed wat we moeten zeggen.

'Ik...'

En dan licht mijn kamer opeens fel op.

Karlijns ogen worden groot. In een reflex duikt ze ineen. 'Nee! Nee! Nee!' jammert ze.

Mijn hart is als een bezetene aan het bonken, maar tegelijkertijd weet ik: dit heb ik vaker meegemaakt.

'Rustig! Karlijn, je weet wat het is!'

Vlug sta ik op en ga naar het slaapkamerraam. Ik zie hoe een lange, zwarte auto de parkeerplaats van het kerkhof opdraait.

Gehaast komt Karlijn naast me staan. Zacht hijgt ze uit. 'Ik was echt even vergeten... Ik dacht echt even...' maar ze durft haar zin niet af te maken.

Samen kijken we naar de rouwauto die onder de lantaarnpaal tot stilstand komt. Mannen in zwarte pakken lopen naar de achterkant van de auto. Een paar tellen later schuiven ze er een kist uit.

Zo vaak wordt de oude begraafplaats niet bezocht, laat staan dat er nog vaak nieuwe mensen worden begraven.

'Volgens mijn oma worden hier alleen nog de allerarmsten van Westerdam begraven,' mompel ik.

'O!' Karlijn knijpt hard in mijn arm. 'Dan weet ik wie het is. Het is Eddie. Wedden?'

Even kijk ik haar verward aan. Eddie? En dan snap ik het. Edward. De dakloze die bij de brand is omgekomen.

Zwijgend kijken we naar de mannen in het zwart die de kist op een stelling met wieltjes tillen. Tegelijkertijd komt er een rode auto de parkeerplaats op rijden. Ik heb geen verstand van auto's, maar ik kan meteen zien dat-ie veel moet hebben gekost. Een vrouw met schouderlang, blond haar stapt uit. Ze heeft een zwarte zonnebril op die bijna de helft van haar gezicht in beslag neemt.

'Wauw,' zeg ik. 'Een zonnebril op terwijl het hartstikke donker is buiten. Is ze beroemd of zo?'

Op torenhoge hakken loopt de vrouw naar de rouwauto. Door de afstand is het moeilijk om haar leeftijd in te schatten, maar ik gok dat ze tussen de dertig en veertig is.

'Zijn zus,' gokt Karlijn.

'Monica,' fluister ik, en opeens weet ik zéker dat zij het is. Dit is het meisje over wie Edward het had in Het huis zonder einde.

Edwards begrafenisstoet is zo treurig dat ik medelijden krijg. De twee mannen duwen de kist over het smalle kiezelpad het schaars verlichte kerkhof op, terwijl Monica erachteraan loopt.

'Shit,' zeg ik, terwijl ik mijn ogen tot spleetjes knijp. 'Zo kan ik het niet goed meer zien.'

'Hier.' Karlijn kantelt haar telefoon en zet haar camera aan. Behendig zoomt ze in, zodat haar telefoon opeens als een verrekijker werkt.

Vlak bij de speeltoestellen is een rij met de nieuwste graven. Zachtjes bewegen de schommels in de wind. Nauwgezet volgen Karlijn en ik alles op het schermpje wat er gebeurt: de mannen in zwarte pakken die de kist boven het open graf tillen, Monica die met gebogen hoofd aan de rand van het graf staat.

'Ze huilt,' fluistert Karlijn. 'Zo zielig.'

Ik kijk naar Monica, naar haar blonde haren op haar rug.

En dan zie ik wat er niet klopt.

Ik gris de telefoon uit Karlijns handen.

Zoom in tot het niet meer verder kan.

'Kijk!' Driftig tik ik op het scherm. 'Kijk dan! Dat kan toch niet!'

En dan ziet Karlijn het ook.

Monica's haren blijven roerloos op haar rug liggen, alsof er geen zuchtje wind is. Maar hoe kan het dan dat de schommels wel bewegen?

19

Het slaat nergens op dat we hier nu staan.

Wat willen we bewijzen?

Naar welk antwoord zijn we op zoek?

En toch voelden Karlijn en ik dezelfde drang net, alsof we door een onzichtbare hand naar het kerkhof werden getrokken.

Wat moeten we in vredesnaam voor smoes ophangen als we worden betrapt? Wat kan er zo belangrijk zijn dat twee meisjes 's avonds laat op een begraafplaats rondlopen?

Gearmd schuifelen we het smalle kiezelpad af dat het kerkhof in tweeën deelt.

Het maanlicht maakt van de grafstenen langwerpige, spookachtige schaduwen.

Links zijn de oude, vervallen graven en kleine tombes, rechts het nieuwere gedeelte met de wat modernere stenen.

Aan het eind van het pad ligt het speeltuintje. Vlak daarvoor blijven we stilstaan. Vanuit mijn ooghoeken zie ik het graf van Edward dat dicht is geschept met zand.

De schommels hangen bewegingloos in de lucht.

'Ze bewegen niet meer,' zeg ik zachtjes.

Aan de ene kant voel ik opluchting.

Misschien hebben we het ons toch wel gewoon verbeeld. Leek het alleen maar zo op het telefoonscherm. Maar er knaagt iets anders aan me, een stemmetje dat zegt: *Of zag je gewoon weer iets wat er niet was?*

'Hoe kan dat nou?' fluistert Karlijn. 'We hadden het net moeten opnemen. Dan hadden we bewijs gehad.'

Bewijs voor wat, denk ik, maar ik zeg het niet. Iedereen die het filmpje had gezien, had waarschijnlijk zijn schouders opgehaald. *Vast de wind.*

Mijn aandacht wordt getrokken door de rij kindergraven die links van het kiezelpad liggen, vlak bij de speeltoestellen.

Hartverscheurende, kleine graven met een koude grafsteen. Niets wat in zo'n klein kistje past, verdient te sterven.

Mijn schoenzolen zakken weg in de drassige aarde, wanneer ik dichter naar de kindergraven loop.

Ik lees de ouderwetse jongens- en meisjesnamen op de stenen.

Johannes.

Cornelius.

Hendrika.

Albert.

Elisabeth.

En dan zie ik het.

DOOR EEN NOODLOTTIG ONGEVAL IS ONS
PLOTSELING ONTVALLEN ONZE DOCHTER

MIA

13-04-1947
31-10-1952

Slechts vijf jaar oud is ze geworden. Een koude windvlaag trekt langs mijn rug en automatisch huiver ik.

'Wat is er?' Karlijn komt naast me staan.

Zwijgend knik ik naar het kleine grafje.

'Vijf jaar,' rekent Karlijn nu ook uit. 'Vreselijk.'

'Mia,' zeg ik en ik weet niet waarom, maar opeens voel ik tranen prikken achter mijn ogen. Een traan glijdt uit mijn ooghoek voordat ik hem kan tegenhouden. Waarom huil ik nu?

'Mia. Dat klinkt een beetje als Mary.'

Ik kijk Karlijn aan. 'Het meisje dat ik in Het huis zonder einde tegenkwam, zei "een soort van" toen ze zei dat ik haar zelf had opgeroepen.' Ik hoorde het in mijn hoofd, maar dat durf ik niet te zeggen. Ik haal diep adem. 'Misschien heb ik wel niet de geest van Bloody Mary opgeroepen, maar heb ik de geest van dat meisje opgeroepen.'

'Sammy...' Karlijn kijkt me vol medelijden aan. 'Weet je wat ik denk?'

Ik doe hard mijn best om mijn tranen binnen te houden, maar die stomme dingen leiden tegenwoordig een eigen leven. Binnen een mum van tijd zijn mijn wangen nat. Het is alsof iemand vanbinnen een kraantje heeft opengezet: de tranen blijven over mijn wangen glijden. 'Wat denk je?' snik ik.

Karlijn slaat haar armen om me heen.

'Ik denk dat je jezelf helemaal gek aan het maken bent.'

'Je gelooft me niet,' zeg ik zachtjes. 'Het geeft niet. Ik zou mezelf ook niet geloven.'

'Ik geloof je wél.'

Aan Karlijns blik kan ik zien dat ze het meent. Haar stem wordt zachter. 'Dat Mert haar niet gezien heeft, betekent toch niets? Dan kun jij haar toch alsnog wél hebben gezien?'

Ik knik. Zo is het ook.

Karlijn kijkt me lief aan. ‘Wat is het meest logische?’

Ik veeg mijn tranen weg en haal diep adem. Het voelt lekker om even zo hard te hebben gehuild.

‘Dat het gewoon een actrice was,’ zeg ik. ‘Dat het een meisje van Bekids was.’

‘Precies,’ zegt Karlijn. ‘En die schommel?’ Ze blaast wat lucht over haar lippen. ‘Gewoon de wind.’

Ik knik.

Gewoon een actrice.

Gewoon de wind.

Niets geks aan.

Karlijn veegt met haar mouw de laatste tranen van mijn wangen. ‘Kom, gekkie,’ zegt ze, en ze lacht erbij. ‘We gaan naar huis.’

20

Al weken zie ik op tegen deze dag en nu het zover is, voel ik me alleen maar heel erg moe.

Met moeite sleep ik mezelf uit bed, terwijl Karlijn op het matras naast mijn bed verder slaapt.

Wanneer ik haar straks weer zie en we samen kunnen lunchen, ziet de wereld er alweer heel anders uit, beloof ik mezelf. Onder de douche probeer ik mezelf op te peppen met feiten.

Het gesprek duurt maar een halfuurtje.

Ik mag op elk moment weg.

Hij kan me niets aandoen.

Er kan me niks gebeuren.

En toch slaan de zenuwen weer toe als ik voor De Waard sta. Ik ken het lage, met klimop begroeide gebouw alleen vanaf een afstandje. Het is als buitenstaander onmogelijk om het terrein op te wandelen: het is volledig afgezet met grote hekken.

Wanneer oma en ik onze identiteitskaarten voor de camera hebben laten zien, gaat de poort met een schel geluid open.

Mijn oma's hand voelt warm en zacht in die van mij.

Tijdens de busreis hiernaartoe dommelde ze telkens even weg. In haar slaap murmelde ze zacht over wat een lief kind ik vroeger was. 'Och, mijn lieve meisje,' zei ze. 'Daar ben je wel. Je bent ook zo'n zoet kindje.'

Voor mij is deze dag een opgave, maar ik weet dat bij oma die donkere dag van tien jaar geleden ook geregeld door haar hoofd spookt.

Wanneer we De Waard binnen stappen, worden we uitgebreid gefouilleerd. Daarna mogen we plaatsnemen in de wachtruimte. Het is een kleine, sobere wachtruimte die duidelijk zojuist nog is schoongemaakt. Het ruikt er sterk naar menthol.

We worden zo opgehaald door Willemijn Dalen, die het gesprek tussen mijn vader en mij zal bijwonen.

Door het smalle raampje kijk ik de recreatieruimte in.

Eén persoon springt er meteen uit. Het is een lange, magere man met rood piekhaar, een paarse broek en een felgekleurde trui met drukke patronen. Hij rommelt in een make-uptasje van de vrouw die op een bank ligt te slapen.

Wanneer hij gevonden heeft wat hij zoekt, springt hij enthousiast op. Met een geoefende hand tekent hij met rode lippenstift een clownsmond op zijn gezicht. Zelfs door het raam heen, hoor ik zijn bulderende lach als het gelukt is.

Boos komt een verpleegkundige in een wit uniform aangestormd. De man begint hysterisch hard te lachen en valt plots stil.

Dan richt hij zijn blik op mij.

Het is alsof hij een roofdier is en nu pas ruikt dat zijn prooi op maar een meter afstand staat.

Mijn lichaam wordt koud tot op het bot als hij zijn lege ogen in die van mij boort.

‘Samira Noordijk? Hoi, mijn naam is Willemijn Dalen. Loop je mee?’

Ik veeg mijn plakkerige handen droog aan mijn broek. ‘Oma? Kom je ook?’

‘Je oma voegt zich dadelijk bij het gesprek,’ zegt Willemijn vriendelijk. ‘Bij deze ontmoeting is het belangrijk dat het eerst om jou en je vader gaat.’

Ik aarzel. Willemijn lacht behulpzaam naar me. ‘Ik beloof je dat ik er al die tijd bij zal zijn.’

Ze leidt ons naar een kamer die eruitziet als een warme, haast gezellige huiskamer. Er staan een tweezitsbank en een houten stoel en aan de muur hangen kleurrijke schilderijen van fruitschalen.

Even ben ik in de war.

Waarschijnlijk heb ik te veel Netflix gekeken, want in mijn beleving zou ik mijn vader spreken met een glaswand ertussen. We zouden allebei plaatsnemen op een krukje en ons alleen verstaanbaar kunnen maken door in een ouderwetse telefoon te praten.

‘Neem maar plaats op de bank,’ zegt Willemijn. ‘Dan haal ik je vader.’

Alles in me schreeuwt nee, maar toch ga ik zitten. Ik probeer mijn ademhaling onder controle te krijgen door rustig in en uit te ademen, maar ik krijg er geen grip op. Ik wil niets liever dan dat mijn oma nu bij me was.

‘Samira?’

Ik kijk op.

In de deuropening staan Willemijn en mijn vader. Tenminste, ik denk dat het mijn vader is. In het echt is hij veel knapper dan op de foto’s. Zijn magere gezicht is slank en hij ziet er fit en sterk uit. Hij draagt een spijkerbroek, nette schoenen en een simpele zwarte trui. Even ben ik in de war. Hij ziet eruit als een vader met een goede baan. Een vader die je meehelpt met huiswerk maken, een lekkere pasta kan koken, je zaterdagochtend komt aanmoedigen op het sportveld, iemand die het allemaal prima voor elkaar heeft. Is dít de man die zijn eigen dochter tien jaar geleden heeft willen vergiftigen?

Hij blijft op de drempel staan, maar ik zie hoe hij zich moet inhouden om me niet te omhelzen.

'Je mag gaan zitten, Jurgen,' zegt Willemijn. Ze neemt plaats naast me op de bank, zodat mijn vader op de stoel moet zitten.

'Samira,' zegt mijn vader dan. 'Ik... ik kan je niet uitleggen hoe fijn ik het vind dat je er bent.'

Zijn stem is nog precies hoe ik me die herinner. Meteen komen er allerlei herinneringen naar boven: papa die me leerde fietsen, die me voorlas uit een boekje over dieren uit de zee, uiterst zorgvuldig mijn haren kamde.

Ik schuif dieper weg in de bank.

'Het moest van oma,' weet ik eruit te persen.

'Ik denk de hele dag aan je, weet je dat? Bij alles wat ik doe, denk ik: wat zou Samira nu aan het doen zijn? Gaat het goed op school? Waar wordt ze blij van? Is ze gelukkig?'

Verbaasd kijk ik op. Is hij serieus?

Er zijn dagen, wéken voorbijgegaan zonder dat ik aan hem dacht.

Ik heb een vader zoals anderen een verre oom hebben. Ik dacht vaker niet dan wel aan hem.

Het voelt alsof iemand met zijn voeten op mijn borst is gaan staan.

'Ik denk bijna nooit aan jou,' zeg ik. Ik zeg het expres zonder al veel te interesse. Ik wil hem kwetsen. Ik wil hem prikken waar het pijn doet.

'Dat begrijp ik. In jouw plaats had ik dat waarschijnlijk ook niet gedaan.' Hij zucht. 'Maar gaat het goed met je, Samira? Ben je gelukkig?'

'Ik ben súpergelukkig,' zeg ik. 'Ik ben nog nooit zo gelukkig geweest. Oma en ik redden het prima met zijn tweeën.' Ik wil laten zien dat hij me niets meer doet, maar nog liever wil ik hem pijn doen. 'Zonder jou, bedoel ik. We redden het prima zonder jou.'

'Daar ben ik ook nooit bang voor geweest. Je was altijd al een meisje dat zichzelf prima kon redden, zelfs toen je nog heel jong was.'

De telefoon van Willemijn begint te trillen. 'Wat ontzettend onhandig, maar ik moet dit telefoontje even nemen. Het duurt maar even.' Willemijn staat op en loopt naar de deur. Daar draait ze ons de rug toe en houdt de telefoon bij haar oor. 'Ja?'

Mijn vader staart verdrietig voor zich uit, alsof zijn blik in het verleden is blijven hangen. Hij schuift naar het puntje van zijn stoel. 'Ben je soms bang dat ik weer thuis kom wonen? Wanneer ik straks over een maand weer buiten sta, bedoel ik?'

'Het is oma's huis.'

'Ik beloof je dat ik nooit meer een stap in oma's huis zet.'

'Mooi.' Ik snuif. Wat mij betreft is dit gesprek nu afgelopen. Hij heeft kunnen zeggen wat hij wilde, en ik heb mijn antwoord: ik kan gewoon bij oma blijven wonen zónder hem.

Mijn vader schuift met zijn stoel mijn kant op. Zijn blik verandert. Hij kijkt angstig en begint te fluisteren. 'Ik zou het niet eens doen als je me het zou vragen.'

Mijn buik doet pijn zonder dat ik precies kan verklaren waarom.

'Wat?'

'Bij jullie wonen. Jij moet daar ook weg, Samira. Ik heb het je oma zo vaak gezegd, maar ze luistert niet naar me.' Zijn stem klinkt nog zachter, alsof hij bang is dat iemand hem hoort. 'Je oma had ze nooit moeten binnenlaten...'

Mijn mond wordt droog. Willemijn staat nog steeds met haar rug naar ons toe te bellen.

Ik wil het niet weten, maar iets in me zegt dat ik moet doorvragen. 'Waar heb je het over?'

'Eerst komen ze in je huis, dan staan ze opeens naast je bed. Daarna kruipen ze in je hoofd.' Mijn vader knijpt onverwacht in mijn been, zo hard dat het pijn doet.

'Au! Laat me los!'

'Laat ze niet binnen, Samira! Zorg dat oma ze niet nog eens binnenlaat!' Zijn woorden plakken aan elkaar, zo snel praat hij. 'Ik heb je nooit wat aan willen doen, Sammy! Geloof me toch! Ik ben je vader, zoiets zou ik toch nooit doen!'

Willemijn draait zich om. 'Jurgen, laat haar los!'

'Ik moest het van haar! Zij heeft me gedwongen!'

Met een dierlijke kreet slaat hij zijn hand voor zijn mond en begint dan heel hard te huilen.

Ik storm de kamer uit en ren naar de wachtruimte waar mijn oma zit.

'Naar buiten,' weet ik er nog net uit te piepen.

Wanneer mijn oma en ik eindelijk buiten staan, ren ik het terrein af en ik stop pas als ik bij de bushalte ben. Ik vind het vreselijk om mijn oma zo achter te laten, maar ik moet een paar tellen voor me alleen hebben.

Wat was dit?

Wat gebeurde er net allemaal?

Mijn vaders stem echoot in mijn hoofd.

Laat ze niet binnen, Samira!

Zorg dat oma ze niet nog eens binnenlaat!

Mijn handen trillen als ik mijn telefoon uit mijn jaszak haal. Als er één ding is dat ik zeker weet, is het dat ik vanavond bij Karlijn wil slapen.

Ik wil mijn kop in het zand steken, zo diep mogelijk.

Negeren.

Niet weten.

Wanneer ik de inlogcode van mijn telefoon heb ingetoetst, duurt het maar even of de gemiste oproepen stromen binnen.

Het zijn er acht.

Acht gemiste oproepen van Karlijn.

En Karlijn belt nooit.

Met een misselijk gevoel gaat mijn duim over het scherm, op zoek het telefoonhoorntje. Ik wil haar net bellen, als er een whatsappje binnenkomt.

Karlijn.

Ze heeft een link van een artikel doorgestuurd. Eronder heeft ze geschreven: Bel me terug!! Belangrijk!

Ik weet wie de Bekids zijn.

Topic: Dochter (16) bang voor kinderen aan haar bed

Gast_02348: 'Mijn zestienjarige dochter is nu al weken achtereen in paniek als ze 's avonds naar haar eigen kamer moet. Ze beweert dat er kinderen met zwarte ogen aan haar bed staan. Op de vraag wat ze dan doen, wordt mijn dochter bang. Ze blijft er vaag over, maar als ik doorvraag, zegt ze dat de kinderen aan haar bed schudden. Soms kijken ze alleen maar en fluisteren ze dingen die mijn dochter niet goed kan verstaan. Eén keer is het voorgekomen dat zo'n kind naast haar in bed is gekropen. Mijn dochter zegt dat het geen fantasie van haar is (ze kijkt geen enge films en leest geen horrorboeken), maar dat de kinderen er "opeens" waren. Het is zelfs zo erg dat we een matras op onze kamer hebben gelegd en ze daar de afgelopen nachten al heeft geslapen. Wat te doen? Ik weet dat het onzin is, maar mijn dochter is er echt bang voor.'

Nooa_Mabel: 'HET IS GEEN ONZIN! Ik heb het zelf ook meegemaakt, precies zoals jouw dochter het omschrijft. Kinderen met zwarte ogen of zwarte gaten waar hun ogen horen te zitten. Gefluister, onverstaanbaar gebrabbel, geschud aan je bed. Bij mij was er ook vaak een meisje bij dat heel erg huilde. Een paar jaar geleden zijn we verhuisd – niet om die reden, mijn ouders geloofden me nooit – en heb ik er geen last meer van gehad. De kinderen hebben me nooit iets aangedaan, maar ik werd er wel bang van.'

Pink_Flower14: 'Ze noemen zichzelf de Bekids: black-eyed kids. Doodeng. Een stel mensen uit mijn klas hebben ze eens in het echt gezien. Het lijken gewone, normale kinderen, maar hun ogen zijn pikzwart. Bij sommigen is het nog griezeliger: daarbij lijkt het net alsof de ogen zijn uitgekrabd en kijk je recht in twee zwarte gaten. Een van mijn klasgenootjes is er een tijd heel bang voor geweest. Ze zei dat de kinderen 's nachts aan haar bed stonden te schudden en haar naam fluisterden. De volgende dag waren er vaak dingen kapot in haar kamer: de spiegel, haar bureaustoel of een dikke barst in haar raam. Sterkte voor je dochter.'

Moontje_1982: 'Je moet vragen of ze weg willen gaan. Vriendelijk vragen, het mag zelfs overdreven vriendelijk. Zorg ervoor dat je niet gaat dwingen of schreeuwen. Als je ze boos maakt of als ze zich afgewezen voelen, wordt het alleen maar erger.'

EPILOOG

Ik schrik wakker van het hoge, indringende geluid van de deurbel.

Mijn droom is zo levendig dat ik eerst nog denk dat het geluid daarbij hoort, maar dan schieten mijn ogen open.

Nee, schieten is het niet het juiste woord.

Openen is beter.

Ik lig op mijn rug in bed en het ene moment zijn mijn ogen dicht en het andere moment zijn ze open. Ik hoef niet de slaap uit mijn ogen te wrijven of me verward af te vragen waar ik ben.

Ik weet waar ik ben.

Ik ben in mijn eigen bed, in mijn eigen kamer, in mijn eigen huis.

Het lampje op mijn nachtkastje geeft mijn slaapkamer een zachte, groenige gloed. Mijn hart beukt tegen mijn ribben, maar ik probeer mezelf gerust te stellen. Nerveus wrijf ik over de sleutel die aan een koordje om mijn nek hangt.

Er is niets aan de hand.

Er is niets aan de hand.

Er. Is. Niets. Aan. De. Hand.

Al weken heb ik die nare rotdromen. De laatste tijd zie

ik er als een berg tegen op om naar bed te gaan. Want zodra ik in slaap val, ben ik weer in Het huis zonder einde. Dan dwaal ik door de kamers zonder de deuren te hoeven openen. Ik zweef door de muren heen, alsof ze zijn gemaakt van dikke mist. En al die tijd hoor ik het meisje giechelen. Of huilen. Of schreeuwen. Vooral van het schreeuwen word ik bang. Ik zou willen dat ze daarmee ophield.

Aan de scheurkalender die boven mijn bureau hangt, zie ik dat het 32 november is. De kerstballen van het miniatuurkerstboompje glanzen. Plastic elanden schommelen zachtjes aan hun rode touwtjes.

Op mijn prikbord zie ik de uitgeprinte forumpagina over de Bekids geprikt. Een klein woedevlammetje laait op in mijn buik. Waarom doet Karlijn dat nu telkens? Volgens mij hadden we toch afgesproken dat ik het er niet meer over wil hebben.

Geen paniek, vertel ik mezelf opnieuw.

Ik ben veilig in mijn eigen kamer, in mijn eigen huis. De deurbel ging alleen in mijn droom.

Er is niets aan de hand.

Maar dan hoor ik het geluid van de deurbel weer: hoog en hard. Het rinkelt door het huis, ongepast vrolijk. En deze keer houdt het geluid langer aan.

Ik gris mijn telefoon van mijn nachtkastje.

01.68.

Wie belt er in vredesnaam midden in de nacht aan?

Ik knijp mijn ogen stijf dicht, alsof ik op die manier weer vlug in slaap kan vallen. Ik dénk er niet aan om te gaan kijken wie er voor de deur staat.

Maar dan gaat de deurbel voor een derde keer en hoor ik mijn oma zangerig 'Ja, ja. Ik kom er al aan,' zeggen.

Ik hoor hoe de nachtsloten van de voordeur worden geschoven.

Hoe de voordeur opengaat.

Is mijn oma helemaal gek geworden?

Met een ruk gooi ik het dekbed van me af en trek vlug de badjas aan die naast mijn bed ligt. Het is een spuuglelijk ding – knalrood, met witte biesjes – waarin ik op de Kerstman lijk, maar het interesseert me niet.

Mijn benen voelen van rubber: dik, onwillig, stijf rubber als ik de paar meter van mijn bed naar mijn slaapkamerdeur loop. De wind blaast hem al open voordat ik naar de klink heb kunnen grijpen. Met mijn rubberen voeten schuifel ik de overloop op. Vanuit het trapgat kijk ik de hal in.

Ik zie mijn oma met haar lange, grijze krullen die in dunne slierten over haar rug hangen.

Nooit eerder zijn me de kale plekken op haar hoofd zo opgevallen als nu. Ik kan recht op haar roze, vlekkerige schedel lijken. Het lijkt wel alsof haar huid afbladdert, alsof je zo het vel van haar schedel kunt trekken.

Maar dat is niet waar ik van schrik.

Waar ik echt van schrik, is het kleine meisje dat op de drempel van de voordeur staat. Ze is op blote voeten en draagt een mouwloos wit jurkje. Lange, donkere haren hangen als een gordijn voor haar gezicht.

Een koude windvlaag trekt door me heen.

Ik hoef haar gezicht niet te zien om te weten wie het is.

'Ik heb het zo koud, mevrouw,' hoor ik haar met een klein, zacht stemmetje zeggen. 'Hebt u misschien iets warms voor me?'

Ze slaat haar armen om zichzelf heen en wrijft haar bovenarmen warm. 'Ik heb het echt zó koud...'

'Natuurlijk, mijn zoete kindje,' hoor ik mijn oma zeggen. 'Ik heb op zolder nog een prachtig rood jasje voor je liggen. Ik zal het meteen voor je pakken. Kom binnen!'

Nee, oma!

Nee!

Laat haar niet binnen! Niet doen, oma!

Ik wil schreeuwen, maar wanneer ik mijn mond open, komt er niets uit. In paniek wrijf ik over mijn keel, sla op mijn wang. Ik schreeuw nog harder, maar er komt niets anders dan een oorverdovende stilte uit mijn mond.

Mijn oma trippelt in haar zachtroze nachtjapon de trap op. Ze is zo in gedachten verzonken dat ze me niet eens opmerkt op de overloop.

'Oma!' roep ik. 'OMAAAA!'

Maar ze hoort me niet.

Beneden zie ik het meisje wenken naar de kinderen die zich in de deuropening hebben verzameld. 'Kom!' zegt ze. 'Kom maar binnen, hoor. Het mag van die lieve mevrouw.'

Binnen een mum van tijd staat de hal vol met kinderen. Ze dragen vreemde, ouderwetse kleren die onder het zand zitten. Ze zijn doodstil, terwijl ze elkaars handen vastpakken en een kringetje vormen. Maar het meest beangstigende zijn hun ogen. Hun pikzwarte, holle ogen.

Dit is een droom.

Het enige wat ik nu hoef te doen, is wakker worden. Word wakker, Samira! Toe!

En dan kijkt het meisje naar boven.

Ze lacht als ze mij ziet, een brede, veel te enthousiaste lach, alsof ze me al had verwacht.

Zo snel als ik kan, vlucht ik naar mijn kamer.

Met een klap sluit ik de deur.

Vrijwel meteen hoor ik een meisje lachen. Het geluid is zo dichtbij, dat ik zeker weet dat ze aan de andere kant van de deur staat. Hoe is ze in vredesnaam zo snel naar boven gekomen?

'Samira?'

Weer dat lachje.

'Ik wil je alleen vertellen waar de volgende deur is,' zegt ze. Haar stem klinkt zo onschuldig, dat ik er bijna rustig van word. 'Je hoeft alleen maar goed voor je te kijken.' Ze pauzeert kort. 'Zie je het?'

En dan zie ik het.

Hoe heb ik dit niet eerder kunnen zien?

Het is zo overduidelijk.

Op de binnenkant van mijn slaapkamerdeur is een getal geschilderd.

Een 8.

Maar het is een 8 op zijn kant.

Dikke druppels glijden over de deur naar beneden.

Het getal is vuurrood, alsof iemand het er met een bebloede vinger op heeft geschreven.

Ik kantel mijn hoofd.

Het is een 8 op zijn kant.

Maar het is ook het symbool voor oneindigheid.

Mijn voeten voelen opeens aangenaam warm aan. Wanneer ik naar beneden kijk, zie ik hoe er onder de deurpost een rode plas om mijn tenen krult en zachtjes naar mijn enkels glijdt.

Het meisje rammelt aan de deurklink. 'Doe eens open! Dan kun je verder!'

Ik ben misselijk. Zo misselijk dat ik wil spugen, maar als ik mijn mond opendoe, komt er niets.

Het besef beukt als een mokerslag in mijn maag.

Ik ben nog steeds in Het huis zonder einde.

'Ik zei toch dat het huis altijd met je meegaat,' hoor ik het meisje fluisteren. 'Het huis zit in jou, Samira. Het heeft oneindig veel deuren.'

Achter me wordt mijn kamer kleiner en kleiner, alsof een enorme hand in mijn kamer knijpt. De muren komen letterlijk op me af.

Nog even en het plafond zal mijn hoofd raken. Nog een paar tellen en de kamer zal me verpletteren.

Ik wil niet verder, maar ik moet wel.

Met een ruk trek ik de sleutel van mijn nek. Mijn handen trillen als ik de sleutel in het sleutelgat stop. Hij past! Soepel draai ik de deur van het slot.

Voorzichtig duw ik de klink naar beneden en open de deur een klein stukje. Wanneer de deur op een kier staat, ben ik voor heel even opgelucht.

Het meisje staat er niet.

In plaats daarvan trekt iets anders mijn aandacht. De geur van menthol dringt in mijn neus. Het ruikt alsof er net nog is schoongemaakt. Waar heb ik dat eerder geroken?

Nieuwsgierig trek ik de deur verder open. Ik herken de lange, smalle gang meteen. Ik begrijp alleen niet hoe ik hier terecht ben gekomen.

Ik begrijp werkelijk niet wat ik hier doe.

Een vrouw met zilverblond, kort haar in een verpleegkundigenuniform komt naar me toe gesneld. Haar gezicht is vriendelijk.

'Samira?'

Met zachte hand duwt ze me terug mijn kamer in.

'Het is niet de bedoeling dat patiënten 's nachts in de hal gaan dwalen.' Ze geeft me een geruststellend kneepje in mijn arm wanneer ze me naar mijn bed begeleidt. 'Ga maar lekker slapen. Je hoeft nergens bang voor te zijn.'

Ik wil tegenstribbelen, opstaan, maar razendsnel gespt ze een brede riem zo strak over mijn borst dat ik niet meer kan bewegen. Paniek sluit mijn keel af. 'Ik-ik...'

'Ssst.' De verpleegster drukt met haar wijsvinger mijn mond dicht. Met een grote glimlach buigt ze zich voorover. Ik voel haar warme adem op mijn wangen als ze zegt: 'Welterusten, meisje. Sluit je ogen maar.'

NAWOORD

Bloody Mary en *black-eyed kids*: dat waren twee urban legends waarvoor ik zelf als tiener doodsbang was. Toen ik aan dit horrorverhaal begon, moest ik mezelf ook wel even een duwtje geven. Durfde ik dit wel? Is erover schrijven niet hetzelfde als ze wakker maken? In dat geval, besloot ik, is lézen erover dezelfde zonde als schrijven en ben ik in elk geval niet alleen als we 's nachts *gehaunted* worden. En daarbij: het zijn maar verhalen over kleine kinderen, nietwaar?

Naast Bloody Mary en Bekids komen er in dit boek nog zeven andere urban legends voor:

- Giftige snoepjes
- De verstopte bruid op zolder
- De kinderwagen in het bos
- De bezeten begraafplaats
- De spooktrein
- Het huis zonder einde
- De vleermuizen in het haar

De urban legend van Jeff the Killer was van Sophie Exters. Dank je wel voor het opsturen! Heb jij ook een enge urban legend die je met iedereen wilt delen? Ga naar daniellebakhuis/urbanlegend en stuur deze naar me op. Wanneer ik die van jou verwerk in mijn volgende boek, krijg je een gesigneerd exemplaar toegestuurd. Succes!

TOT SLOT

De meeste verzonnen horrorverhalen beginnen met dat het een koude, stormachtige nacht was. In dit geval is dat ook zo, alleen is het geen verzonnen verhaal.

Mijn vriendin L. en ik waren ongeveer veertien jaar oud toen we, samen met een ander meisje en haar oudere zus, naar een discotheek reden. (Dat kun je je nu niet meer voorstellen: discothéék? Véértien? Vroeger was echt niet alles beter, maar dat wel.)

De zus bestuurde de auto en het andere meisje vertelde over de discotheek waar we naartoe gingen en waar L. en ik nog nooit waren geweest.

We moesten over schaars verlichte achterafweggetjes om er te komen. Op een gegeven moment reden we op een onverlichte zandweg, waar een fietspad naast lag. Zonder koplampen zag je er waarschijnlijk geen hand voor ogen.

L. en ik zaten op de achterbank. Het meisje met wie we net een paar weken bevriend waren, draaide zich vanuit haar passagiersstoel naar ons om. Ze knikte met haar hoofd richting het fietspad.

'Hier is ooit een verschrikkelijk ongeluk gebeurd. Een

meisje is doodgereden, hartstikke jong was ze nog,' zei ze. 'De dader is nooit gepakt.'

Ze had een pauze ingelast, misschien om onze gezichten te scannen of we het volgende wel aan zouden kunnen. 'Er gaan verhalen dat haar geest bij je achter op de fiets springt als je hier 's avonds alleen fietst. Dan wil ze per se met je mee naar huis.'

L. en ik keken elkaar aan.

Tegelijk begonnen we te huilen. Op een jammerend toontje zeiden we allebei hetzelfde: 'Mia.'

Het is een vreemd, raar voorval dat we tot op de dag van vandaag niet kunnen verklaren.

Daarna gebeurden er wel meer vreemde dingen: in L.'s ouderlijk huis hoorden we een meisjesstem onder aan de trap haar naam roepen. Ik heb geregeld in mijn ouderlijk huis iets aan mijn bed voelen schudden of op de ramen horen krassen. Eén keer is het voorgekomen dat ik in bed lag en wakker schrok omdat er wild aan de deurkruk werd gerammeld. Er was niemand thuis.

Of het Mia was?

Ik durf het niet te zeggen.

Onze eigen geest is soms enger dan welke andere geest dan ook. Maar feit is wel dat ik ruim twintig jaar na dat gekke voorval, nog wel eens aan Mia denk. Onze geest maakt geen onderscheid tussen feit of verzinsel: je kunt ook bang zijn voor dingen waar je niet in gelooft.

Dus de volgende keer dat je 's avonds laat iemand naar je voelt kijken, denkt iemand te horen zuchten, je moet rillen zonder dat je het koud hebt: wees niet bang.

Het is Mia maar.

En kom nou. Wie is er nu bang voor een klein meisje?

VERDER GRIEZELEN? LEES OOK *CLOWNSNACHT* VAN DANIËLLE BAKHUIS

Dit horrorverhaal kan je je nachtrust kosten...

'Hé, Suzie. Had je naar gedroomd?'
'M-mama! Waar i-his mama?' Dikke tranen maken geultjes in de gele schmink op haar wangen.
'Mama en papa zijn naar een feestje vanavond, maar ik pas op. Ik heet Fara, weet je nog?'
Tussen haar tranen door begint Suzie te knikken. Ze klemt haar beide armen om mijn hals en haar mond is opeens heel dicht bij mijn oor. 'Ik wil niet dat de clown naar me kijkt.' Ze zegt het zo zachtjes dat ik haar bijna niet versta.
Mijn buik trekt zich samen. 'Wat?'
'De clown,' fluistert Suzie. 'Hij stond naast mijn bed.'

Fara past een avondje op de kinderen van de familie Zuiderduin. Ze wonen in een groot, bijna kasteelachtig huis in de luxe villawijk van het dorp. Marnix en Suzie zijn lieve kinderen, ze luisteren goed en gaan braaf naar bed. Maar wanneer de stroom uitvalt, Suzie telkens huilend wakker wordt en Fara dingen ziet en hoort die haar een slecht voorgevoel geven, begint ze zich af te vragen of ze deze oppasklus ooit had moeten aannemen...